纵横精华·第三辑

刘未鸣　韩淑芳　主编

悠悠岁月
沧桑事

中国文史出版社

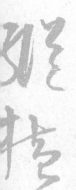

《纵横精华》编辑委员会

主　编：刘未鸣　韩淑芳

执行主编：金　硕

编　委：全秋生　孙　裕
　　　　李军政　胡福星

目 录

我幸福地见到了列宁

任栋梁

在俄国的战斗岁月

1914 年，我父亲任辅臣以华工主持人的公开身份，带领 2000 名华工远离家乡，来到俄国乌拉尔地区彼尔姆省的阿拉白耶夫斯克矿区，从事开矿、采伐木材等艰苦劳动。大约在父亲去俄国一年左右的时间，母亲带着姐姐、妹妹和我三个未成年的孩子去投奔他。从此，便开始了我们在俄国的生活。后来我才听说，父亲早在日俄战争时，就和当时驻在我国东三省的俄国军队中的革命党人有所接触，1910 年前后，他就加入了布尔什维克党，并且一直积极从事地下工作，这次到俄国来就是受布尔什维克党的指派。

1917 年 10 月，在列宁组织领导下，布尔什维克发动了伟大的十月革命。在父亲的倡议和组织下，全矿区 1500 余名华工毅然参加了红军，组成一个"中国团"，父亲被任命为团长。"中国团"的成立影响很大，它受到苏维埃政府的热烈欢迎和重视，被编入红军第三军第二十九狙击师，还派来一位俄国同志做团政委。

为了捍卫阿拉白耶夫斯克矿区，中国团首次投入与白匪的战斗，消灭了聚集该地的全部白匪，军威为之大振。之后，该团又接连打了好几个胜仗。尽管如此，总的形势仍十分严峻，东战场的白匪军在帝国主义的支持下，步步紧逼，战线逐渐西移。

1918 年初春，中国团驻后方办事处在我母亲张含光主持下，随军西移到都拉河畔的库斯瓦城。办事处共有 20 余人，我母亲作为负责人终日忙碌着。办事处的主要任务是安置随军家属，接纳由各地投奔"中国团"的华工们，组织新兵进行短期训练。前方战事频繁，伤亡较重，新兵经过短期训练，就开赴前线。我当时还是 11 岁的孩子，也跟随着新战士们上操训练，还用马枪打过靶呢！

从 1918 年春季到秋季，中国团转战在好几个战场上，活跃在都拉河、卡马河地带。对中国团旺盛的士气和卓越的战绩，当时的《共产主义者》报这样报道："中国部队是我们战线上最顽强的部队。"

我父亲很重视从思想上武装战士们。部队在后方休整期间，他白天给战士们讲述革命道理，晚上还要组织干部学习共产主义理论，直到深夜才回家休息。父亲在家的时间很少，他把自己的一切完全献给了部队。

1918 年 10 月初，中国团向气焰嚣张的高尔察克白匪帮发起了勇猛进攻，把装备精良数倍于我的敌人，杀得落花流水。这次战役，战果辉煌，计打死打伤敌人数百名，俘虏 300 余人。随后苏维埃中央下令命名中国团为"红鹰团"，在库斯瓦城，即中国团后方办事处所在地，举行了隆重的授旗仪式。授旗后，军部、师部的代表们同父亲和全团干部战士合影留念。

同月，中国红鹰团驻后方办事处转移到洽索沃依城。此城坐落在一条河畔的漫山坡上。在这里，我和姐姐又得到入学读书的机会。记得在这年 11 月 7 日纪念十月革命第一个周年时，洽索沃依城已是白雪皑皑，市中央广场上筑起了纪念台，台上高悬着马克思和恩格斯的巨幅画像，集会的男女老少面带着新奇而喜悦的神情。

在这些日子里，部队转战到斯维尔得洛夫斯克一带，接连打了几场硬仗。有一次，一座具有战略意义的铁路桥梁落到白匪手里，形势对红军十分不利。驻防该地的红军几次冲锋都失败了，最后司令部决定调中国红鹰团去攻夺这座桥。经过浴血奋战，红鹰团又一次出色地完成上级交给的艰巨任务，受到了嘉奖。

部队经短暂休整后，11 月下旬又投入战斗。此时父亲被任命为该战场临时总指挥。在维雅，他们与白匪军鏖战一整天。入夜后，疲乏的部队住宿在军用列车上。附近一个对红鹰团充满仇恨的富农，跑去向白匪告密。匪帮立即趁黑夜突袭维雅，包围了列车，用机枪对列车进行疯狂的扫射。战士们被枪声惊醒，在父亲的指挥下沉着应战。就在这次战斗中，父亲为人类第一个工农政权献出了宝贵的生命，牺牲时仅 34 岁。

《公社社员报》讣告

噩耗传到后方办事处，全体人员都万分悲愤。我一面痛哭，一面忆起和父亲最后一次分手时的情景。就在纪念十月革命一周年那个冬季最寒冷的日子，父亲同政委离开洽索沃依城返回前线去。他们俩骑着马，并鞍走在前面。母亲带着我们三个孩子，乘坐雪橇在后面随行。到了火车站，要道别时，父亲把上级赠给他的金壳怀表从兜中取出交给了母亲，嘱咐她把怀表留在家中。不料此次一别，竟成永诀，而这块怀表便成了父亲最后留给我们的最珍贵的纪念物。在以后近 50 年漫长岁月里，这块曾经随着父亲出生入死的怀表，一直珍藏在母亲的身边，在它身上寄托着母亲对先父的深切怀念。可以看出，父亲那次离开我们时，就已下定誓与白匪帮决一死战的决心，并做好了牺牲准备。

维雅战役后，聚集到后方办事处的红鹰团官兵已不及百人。经办事处负责人张含光同官兵们研究，决定由李子恒营长负责整编旧部，补充新员，重整旗鼓，誓与白匪血战到底。这支中国工人阶级的队伍，一直战斗到高尔察克匪帮被完全消灭。他们用鲜血和生命履行了自己崇高的国际主义义务。

苏维埃政府和布尔什维克党对我父亲的牺牲表示深切的哀悼，并对先父做出了高度的评价。在 1918 年 12 月 28 日《公社社员报》上，苏维埃政府为我父亲的牺牲而发出了讣告。译文如下：

> 在维雅战役结束时，中国团团长任辅臣同志壮烈牺牲了。任辅臣同志在中国侨民中享有很高威信，他把他在中国人中间的影响和威信全部贡献给苏维埃俄国。
>
> 由他组织领导的中国团部队，曾是我们战线上最坚强的最可信赖的部队。作为世界革命的忠诚战士，他把毕生精力都献给了伟大的事业。
>
> 他的精力，并没有白费。革命战士们将永远记着为全世界被压迫者的事业而献出了生命的中国人民的儿子——任辅臣同志。

讣告不仅是对我父亲的评价，也是对红鹰团牺牲的近 2000 名官兵的赞誉。

见到了列宁

父亲壮烈牺牲后，苏维埃政府把我母亲和我们姐弟三人送往莫斯科居住。师部还派红军一个班作为我们的护卫。在莫斯科，我们居住在坐落于红色凯旋门附近的"大熊星座街"上的一幢二层楼房里。房间很宽敞，备有全套家具，环境十分安静。当时由于帝国主义的封锁和白匪军的骚扰反扑，新生的苏维埃政权处于极端困难时期，莫斯科的供应相当紧张。但政府在吃穿住上都给予我们以特殊的照顾。

莫斯科是革命政权的首都，也是沙皇俄国的故都。在这座城市里，原先居住着沙皇罗曼诺夫和他的亲戚、贵族、官僚以及资本家、地主等专制王朝的上层人物——不劳而获的"白吃们"。经过十月革命的风暴，这些人死的死了，逃的逃了。当时我们看到的莫斯科街道上行人、车马稀稀落落，商店十铺九关，商品奇缺，市面萧条。但也有热闹非凡之处，那就是几个大广场上的自由市场。那里有许多大声叫卖的人，有的肩上搭着半旧的上衣、裤子、大氅、毛毯、皮货等，有的手里提着皮鞋、皮靴或其他物品，一排一排的地摊也在出售旧物。还有卖小吃的，主要是土豆煎饼，也有些人卖葵花子油，零售手工加工的散装大白杆香烟等。这就是我们于 1919 年至 1921 年，在莫斯科所见到的十月革命后暂时艰苦困难的景象。

在莫斯科居住期间，最使我难忘的是，我母亲曾受到列宁在克里姆林宫的召见。那时我们在莫斯科住了大约一年左右，母亲正式向组织上提出了回国的申请。在这以后不久的一天下午，开来了一辆小汽车，接我们到克里姆林宫。汽车开至克里姆林宫的办公楼前停下，在楼门前候立的一位青年军官把我们迎进楼内，带领我们走过了长长的一段走廊。母亲悄声地告诉我们："一会儿就要见到列宁了。"我们高兴极了。来到列宁的办公室门口，军官把我们引进去。这是一间宽敞朴素的大房间，室内摆设简单。列宁从办公桌后走过来，一边亲切热情地同我们一一握手，一边对母亲说："您是任辅臣同志的夫人张含光同志吧！当我得知你们来到莫斯科后，就想和您见见面，可是一直抽不出时间来。今天能和您见面，我很高兴。"列宁请我们坐在沙发上，他亲切地问我姐姐叫什么名字，几岁了。姐姐回答："我叫莲娜，14 岁。""啊！这是多么漂亮的一个名字！"他和蔼地笑着又问我。我说："我叫任聂，12 岁。""噢！任聂。"他抚摸着我的头，重复了一遍我的名字。然后问我妹妹，她说叫金娜，9 岁。列宁同志说："很好，很好！"这些问答都是用的俄语。接着列宁谈到我父亲作战英勇，称赞他是一个卓越的指挥员，是一个优秀的布尔什维克，并高度评价了中国工人阶级的国际主义精神。列宁在询问了我们的生活情况之后，谈到了我母亲申请回国的事情。他对我母亲说："我建议你还是留在俄国。苏维埃政府将尽力照顾你们，回国后也会遇到许多困难。"母亲对列宁的关怀表示感谢。又说："任辅臣同志的父母亲尚在国内。任辅臣牺牲了，按照中国人的习惯，我作为他的妻子，应该把我们的子女带回祖国去。"列宁安慰我母亲说："等到东部战争平静时，再安排你们回你们的祖国去。"

在这次永生难忘的会见结束时，列宁送我们到办公室门口，我们依依不舍地同列宁握手告别。

1921 年，革命在全俄范围内取得了全面胜利，东战线白匪帮被全部肃清，西伯利亚大铁路已全线通车。这时，我们回归祖国与亲人团聚的愿望得到了实现。苏维埃政府发给了我们完备的证件，又派专车和卫兵护送我们到中国国境满洲里站。就这样，我们别离了生活 7 年之久的第二故乡，回到了自己亲爱的祖国。

父亲生前没机会见到列宁，我和母亲、姐妹却荣幸地受到过列宁的召见，此情此景，永生难忘！写这篇回忆文章，以慰先父在天之灵！

我被骗卖的两年

——第一次世界大战中的华工苦难

———

陈宝玉

我已年过古稀，风风雨雨地经过了好几个时代。从民国、北洋军阀、抗战直到新中国成立，虽经社会动乱、家境变迁，可是，我始终精心保存着几件物品，从未遗失，也从未损坏过。这几件物品是——

一份用中文和英文对照印制的合同；

一份英文的华工证件；

四张 20 世纪初法国东北部昂得瑞克镇的图片；

一张华工公墓前悼念牌坊的照片。

对一些不了解情况的人来说，这些物品也许算不了什么，更不是什么"传家宝"。但对我来说，这是一个华工被奴役的血和泪的活生生的记录，这是殖民主义者、帝国主义者欺压中国人民的罪证；这是我们控告北洋军阀丧权辱国、戕害同胞的状纸；这是旧社会统治阶级欠下我们劳动者的一笔永远还不清的血泪账！

我常常摊开那张几十年前华工公墓前悼念牌坊的照片，每当看到那副挽联：

> 血洒欧西庄世运
> 魂还祖国挽神州

我总是老泪纵横。看着它，我似乎又看到了那无数具丢弃在异邦他乡的白花花的尸骨，似乎又听到了在洋人皮鞭下十几万华工沉重的呻吟、愤怒的呼号。它使我又想起了自己亲身经历过的两年华工生活……

应募

我家原住天津城隍庙附近。

1917 年秋，我在万国桥畔看见了英商仁记洋行承办招募华工的旗子和告示。当时我 31 岁，虽然年轻，我还是知道，当华工就是跳火坑。但是，我父母双亡，一家数口衣食无着，正走投无路。无奈何，还是胆战心惊地报了名。当时报名当华工的，都是穷人。

报名后便由英国医生进行了严格的体检。检验时全身皆需脱光，各处均一一检查，如有皮肤病、痔疮、沙眼、牙齿不全等，一概不合格。合格者由英人在背上用白色药物粉笔涂上英文字母，三个月内即使用皂液也擦洗不掉。

第二天便将应募华工运往山东威海卫。海行三日，听着船外哗哗的浪涛声，就像许多人在号啕大哭的声音，这使我回想起一家人告别时相抱痛哭、生离死别的情景，真如同万箭钻心，泪流不止。

各地招募的华工均集结于威海卫，再经严格的体检复查后，方能签订合同。因前已验过，所以很少有不合格的。凡验取合格者便被编号。号码是在一个铜箍上打好了的，用机器轧在华工的右手上。然后英人再把号码写在一块小石板上，每人手捧石板号码放在胸前照相，相片贴在华工证件上。我的编号是：43138。

紧接着就是编队。每班15人，也叫"一棚"，三棚为一排，三排为一连，三连为一营。班、排、连分别设有工头，称"一道""二道""三道"（因其衣服袖口有不同道数的红布带，故称）。营里设有翻译二人（也是招募的华人）、英国营长一人（到法国后还要加英军华工总部工头）。

经过几天时间才办完一应出国手续，这主要就是在本文开头提到的那份合同（实际是卖身契约）和华工证。华工原从家里所带衣物均不准带出国，说是怕有传染病，而新衣物质量极为粗劣，一双轻便皮鞋未穿到法国便掉了底。这都是经办人员从中赚了钱的缘故。

五天以后，当我们被整队带上英国轮船，离开祖国大陆的时候，我们才明白，我们这些华工实际上是被当成炮灰、廉价劳动力骗卖给英、法帝国主义了。在第一次世界大战期间，二次执政的段祺瑞政府，为实现其军事独裁的野心，以对德宣战为名，向日本大量借款，不惜出卖国家主权，甘当日帝走狗。而参加这一场欧洲大战的英、法帝国主义者，也因战事吃紧，诱迫北洋政府参战，所达成的协议就是在华招募十几万名华工去欧洲战场，以补充英法在军事建筑工程、辎重运输方面兵力的不足，以及工业生产劳力的严重减员……

当我们挤卧在轮船的最底层，感觉到船离祖国越来越远的时候，心里难过极了，许多人都在默默地流泪。

途中

我们搭乘的是英国太古公司轮船，船上载有二三千名华工，皆乘下层通舱。舱内各有搭好的三层马槽形的卧铺。天气又闷又热，华工晕船人多，呕吐物遍地皆是，因之空气十分恶劣。华工要求到上面透透空气，一律不准。

海行七日，船到日本大阪上煤加水。华工很想下船呼吸些新鲜空气，见见日光，但虽停六天，英籍工头仍坚决不准我们离舱上岸。船到横滨、长崎又各停一天，装卸货物，并对华工再进行一次防疫检查。海上船行18天之久，华工没有一点活动机会，加上晕船害病，健康状况很坏，很多人不能吃、不能喝，面色白，昏卧不起。及至到了荒凉的加拿大梵科瓦码头，才得下船上岸。仅休息一天，即又登上火车，经过七八个日夜的行程，横穿加拿大国土，到哈利法克斯。沿途不准下车活动，闷坐车内，如同牢狱，多数华工患了便秘等症。

车到哈利法克斯略事停留后，即换乘英国的一只大运输舰开往英国，舰上共载华工7000名，外有加拿大军队5000人。华工仍乘下等舱。

同行的还有四只运输舰，四周有鱼雷艇护航，以防德国潜水艇的鱼雷攻击。舰上警报频传，随时均有被炸沉危险。后来听说数万名死难华工中，就有不少是在海途中船被炸沉，葬身大海的。

又经过八个难熬的日夜，船到英国的利物浦港。然后又换乘火车穿过英国中部到达英格兰东岸的福克斯火车站。福克斯镇上已经聚集了先到的很多华工，皆是等待过英吉利海峡去法国的，因为德国飞机、潜艇不断袭扰，轮船不能按时开航。

不久，我们即乘坐一艘快艇，抢渡英吉利海峡，登岸后即乘车去骆耶尔英国华工总局。

骆耶尔是法国东海岸的小村子，英国华工总局设在这里。在四周用铁丝网围着的几个帐篷里，住着等待重新编队再派往各地的华工，门口是荷枪实弹的英兵把守，不准华工随意走动。

在法国重新编队时我被编入一〇二队。我因会木工手艺，经考试，取为二等木工。其他华工有的被派做别的工种，有的被拉上火车，到最前线去挖战壕。

后我又和另外 17 名华工被调到十八大队，驻昂得瑞克，开始了我为期二年的苦难生活。

歧视

昂得瑞克是距法国前线仅 300 里的小镇，是英法联军的总后勤基地。它四面皆山，风光美丽，但到处可见战争给它带来的痕迹：青葱的树木被炸得东倒西歪；到处是储有大批弹药和军需用品的仓库和各种兵工厂；只有 2000 余户的集镇上 80% 是妇孺老人，即便是修铺公路工程，亦皆是 60 岁以上的老人担任，青壮年大都上前线去了。

我被派在木工厂做工。厂内除华工外，还有英国木工。英工的技术和操作技能却远不如华工。连英监工也不得不承认：华工能吃苦耐劳，活又快又好。但英、华工待遇却极为悬殊，华工备受歧视：华工每月工资是 15 法郎，而英工每月却是 70～80 英镑；英工有专设的厨房，食宿皆不与华工在一处，自是高于华工几等，而十八大队华工共 500 余人，配给的食物常常食不果腹。

招工局规定华工每周工作七日，中国节日也不放假，后由先到华工经过一番斗争，英招工局怕华工怠工闹事，才准许有星期日和中国春节及阳历年等假日。春节期间由华工自己组织文娱活动，演出京剧、梆子、评戏、杂耍、狮子龙灯、小车会等精彩节目。当地居民也前来观看，称赞不已。当地法国人民对华工很友好。居民食物因是配给制，生活很苦，华工有时假日到法国农民家里做客，就将自己的食物、物品与法国农民一起分用，遂逐渐结成朋友，直到我们回国时还恋恋不舍。

华工因重病不能做工者，须经英籍军医签证方能休假，否则按旷工扣罚工资。偶有触犯，或被送拘留营，或被送华工总局按军法科刑。

昂得瑞克专设的华工拘留营，英监工称之为"好汉营"。所谓违反管理规则而被送入"好汉营"的华工，每日被罚做力不能支的重体力劳动，如同牛马。有时英人竟残忍地强令被罚华工背负重物跑步，不令其停止，直到跑得力竭晕倒为止。

在英国人的眼里，根本不把华工当人看待。华工劳作异常繁重，但经常吃不饱，要求增加粮食供给。一天，英招工局总办普登来了。这个普登原出生在中国，是有名的"中国通"，庚子年八国联军入侵天津时，他任英军高级军官，残杀过许多天津居民。此次他招收并训练了一批中国流氓，专任华工大队的"红道"，帮助他迫害华工。因其脸形酷似哈巴狗，故华工暗地称他"普八狗子"。普登一到，就把全体华工召集起来训话。他说：

"给你们的定量粮食，不是不够，因为你们在中国吃惯了粗粮，把肠胃胀大了，现在一吃黄油面包，就感到不饱，我看还是遵守规则努力劳动要紧，违反者即送'好汉营'。中国现在夜不闭户路不拾遗，你们知道为什么吗？就因为你们这些人来到欧洲才安静了！我对你们不怕，我是有办法的。"他还说："你们来欧洲，是我们花了很大代价买来的，每一个华工曾给你们政府50两银子，因此你们必须好好做工！"

作为一个中国人，听到这样的讥讽、嘲笑、诬蔑和侮辱，肺都要气炸了！可是，由于我们的祖国不强大，没有人给我们做主、撑腰，敢怒不敢言，只能是火在胸中烧，泪往心里流。

斗争

管理华工队的中国"红道"，是些心狠手毒、奴才相十足的民族败类，他们常与英监工串通一气，欺压中国同胞。华工们早已忍无可忍了。

一〇三队有个姓张的"三道"，早年曾追随英殖民者到非洲淘金，是个极无耻的洋奴。他对英监工说："中国人经常吃食不好，不给他们吃好饭菜，他们也一样做工。"这家伙还不准华工互相往来，有时下工后还强令工人上操，使华工不得休息。

1917 年 12 月间的一个星期日，有外队的五名华工到一〇三队看望同乡，被姓张的"三道"看见，即将此五人用绳子捆起，押在一间屋内。夜里这五名华工挣脱绳索逃归本队后，向众华工诉说经过，一下子激起了大家的公愤，长时间来对这个媚外欺内的哈巴狗子的仇恨一下子涌了上来。大家拍案而起，手持木棒找张去讲理。张理屈词穷，竟凶相毕露，拿起上了刺刀的步枪刺伤了两名领头的华工，张的同伙也要来帮着打，华工此时已怒不可遏，一拥而上。其他"红道"见势不妙，抱头鼠窜。张持枪继续行凶，又刺伤数人。华工此时气愤已极，遂立即乱棒齐飞，将张当场击毙。此事英监工深知祸由张起，既不愿事态扩大，又觉是中国人对中国人的事，就未再深究，只把一〇三队解散，撤换队中全部中国"红道"，把工人编入别队了事。

事后英人知道了中国人的性格，不能硬压，气焰比以前降低。而华工心里逐渐像镜子一样明亮起来：华工要想生存下去，不被欺凌，大家必须一条心，拧成一股绳，团结起来，斗争！

三个月以后，又发生了一件事。

昂得瑞克驻有一部分美国军队，假日华工到镇内集市上去，不时与美军相遇，美军就用英语骂华工"劣等民族"，华工中有懂英语的，愤极反骂，美军竟上前殴打。美军常一伙十余人，华工人少，只好避开。久之，美军竟得意忘形，更加猖狂，认为华人软弱可欺，每至假日，美军竟故意寻衅。华工报告中国"红道","红道"们惧外媚上不敢多事；几次向英领队反映，英人袒护美军，反斥华工出外惹事。

1918年3月中旬的一个星期日下午，有几名华工在镇内散步，碰到一伙美军（有20余人），他们对华工又用"劣等""黄种""病夫"等恶语肆意挑衅侮辱，华工积愤在胸，忍无可忍，与美军对骂。美军恃人多势众，竟将几名华工团团围住殴打致伤。这时在镇内散步的许多华工闻讯立即赶来，大家想到半个世纪以来的国家仇、民族恨，以及眼前苦难同胞的被凌辱，不由怒火中烧！愤怒的拳脚立即雨点般地落在了美国兵身上！美军被怒目圆睁的华人吓怕了，他们想象不出这些衣粗食劣的黄皮肤人，何以有如此厉害的拳脚！闻讯惊慌失措的英国驻军立即开赴来200余名，将华工和美兵分开。美军官也急忙赶到，把美军带走。这次血案华工受伤20余人（我是当时受伤中的一员，至今头部腿部尚留有伤痕），美军也有十余人负伤。受伤华工由英监工送入医院，其余华工经劝说归队。昂镇全体华工听到此事，群情激愤，一致要求英领队同美军交涉，惩办肇事者，担负受伤华工医疗费用，不达目的，即行罢工。

英美方面闻讯丧胆，一则他们看到华人被激怒时团结起来的力量，二则怕华工真的罢起工来影响生产，贻误前线军需供应。遂由美军派员到医院慰问受伤华工，并保证美军不再有侮辱华工事件发生，答应受伤人员医疗费用由英华工总局负担。

一场风波始告平息。中华民族在异国的一场反欺压、反凌辱的民族自强斗争，以胜利结束！

回国

1918年12月11日上午，只有一条主要街道的昂得瑞克小镇还静静地躺在阳光下。中午的时候，突然，各处笛声齐鸣，报童振臂雀跃，报纸上大号标题写着德国投降的消息！街上一下子挂满了法国国旗，老弱妇孺都拥到街上来了，英军来了，华工亦来了！大家互相拥抱，欢呼舞蹈，整个小镇沉浸在欢乐里，直至深夜人群还不肯散去。

大战结束后，屡经兵险、饱尝痛苦的华工思归心切。1919 年春节，一〇一队的华工，在庆祝牌坊上写出"又是一年别故土，依然万里侨番邦"的对联。而英帝不但不履行"战争停止即遣送华工归国"的诺言，反而强令华工留在白骨累累，地雷、炸弹埋弃遍野的西欧，做清除军事危险物的工作，以致有不少华工误触地雷炸弹，惨被炸死炸伤。

清理工作一直进行到当年 7 月。8 月，英帝才决定将华工解雇回国。

昂镇有华工公墓一处，埋葬着 400 余名死难华工。公墓由华工组织专人管理，每至清明，华工们便去扫墓祭奠一次，以寄托大家的哀思。

华工要回国了，行前在墓地召开了一次追悼大会。到会华工 2000 余人。站在荒凄的坟冢前，望着牌坊上字字滴血的"血洒欧西庄世运，魂还祖国挽神州"的挽联，想起他们曾与我们朝夕相处、患难与共，国内羸老弱子日日顾盼亲人归，而今却已成异乡国土上的冤魂，大家不禁失声恸哭！

我们这一批回国的华工共 3000 余人。到骆耶尔集结后仍由英商轮运载，途经地中海、日本回国。路过日本各港口时，华工们闻知日帝仍霸占山东、青岛等地，一致决定抵制日货。大家说："谁买，把他扔在海里。"前后停泊六天，日本商贩没能卖得一文。

华工在青岛登岸。我们历尽艰险终于回到了离别两年的祖国。但当我们登岸后所见依然是疮痍满目，东、西洋人耀武扬威的时候，像是一盆凉水浇头，心灰意懒，失望极了。

在一处搭好的席棚内，管理人员用机器除下了我们戴了整整两年的卖身记号——轧有编号的铜制铁箍。

英招工局对回国华工每人只发给 10 元现洋，作回家路费，并说为照顾直隶省天津等地华工，给包了一列胶济路火车免费送到济南，以后即不再管。华工到济南后，各自背着行李卷，分头找小店住下。手头仅有的一点路费，许多也被地痞、流氓等搜刮一空。我次日即乘火车回到离别两载的天津。死里逃生，家人相见，抱头痛哭，泣不成声。

我卖身两年，依然两手空空回国，除了身上穿的，只有一条遮不住寒的床毯，其他均被英监工扣留。过去所领工资英人强令存入外国银行，回国后要凭证到招工局指定的外国银行按当时市价换取中国纸币。我当华工苦命挣扎两年，共储存 700 法郎，回到国内却只领到 50 余元纸币！

时光如逝，而今我已至耄耋之年，回想起几十年前华工被骗卖飘零异国的悲惨情景，特别是想起那留在昂得瑞克 400 余名罹难的华工，我总是心潮翻滚，感怀涕零！但不知昂得瑞克的华工公墓还在否？是否还有人照管？

现在，我们可以告慰九泉下的冤魂：祖国已经崛起于世界的东方，屹立于世界民族之林了！

日本铁蹄下的打工梦

——一名少年劳工的自述

华　田

半个世纪过去了，我对少年时期的一段亲身经历，至今记忆犹新。

一

1928 年初，我出生在上海虹口区克明路一个教师家庭，因而入学较早，小学五年级跳班考进育才中学。1941 年夏天，母亲吐血病故。第二年我上高一时，有了一位继母。父亲收入微薄，五口之家，糊口也很困难。我开始走上"打工"之路。通过报纸的招收栏，我到一家牙科私人诊所当学徒。主人是位日本留学生，对待学徒非常刻薄。每天打杂不说，吃饭定量供应。饥肠辘辘，让人难以忍受。

1943 年正月里的一天，我在上海苏州河边光陆电影院附近的墙上，看到一张杏黄色纸。那是一个幅面很大待遇诱人的招工启事。招工单位署名是"关东州劳务协会"。其招收对象是铸、车、钳、刨等技工。也招"养成工",年龄是 12 岁至 16 岁,要求有初中以上文化。"启事"说,"关东州大连风景优美物产丰富,××株式会社所属各厂待遇优厚,粮食有大米、小米、玉米、小麦……技工待遇每月在七八十元以上,养成工三十余元"(比上海一般技工收入高两三倍)。又介绍"膳宿免费,养成工还可保送上学深造,一经录取,即发给被服鞋袜和安家费"。

我想去外地闯闯。那待遇和学技术的条件不能不使我动心。没想到这念头给我带来的却是一段痛苦不堪、刻骨铭心的记忆。

二

报名处在提篮桥朝东,杨树浦路的东方旅社。那是一家开在短弄堂里的小客栈。门口有一张白纸告示:招工报名处在二楼。二楼光线很暗,我听到一个房间里发出叮当的声音。从门外看去,有一个人在挥锤打铁。边上站着几个观看的人。原来是在当场"考核"技工报名者操作上的熟练程度。我走进另一个房间,空荡荡无甚摆设。问话的是个中国人。他问我是否上过学。当我说上过四年中学时,站在窗口的两个穿日本军便服上装的人对我注意起来。问话人向我介绍,一位是相马先生,另一位是渡边先生。戴金丝眼镜的相马先生走过来,饶有兴趣地用英语问我:"你能讲英语吗?"我在教会小学和英人办的育才公学(中学)学过几年英语,虽然荒疏了一段时间,简单的会话尚能说几句。相马笑着说:"大连很好,将来还可以送你进学校。"他同渡边说了几句。渡边也露出很欣赏的笑意。相马又对我说:"到了大连,我会去看你的。"

那个中国人说:"相马和渡边先生对你的印象很好,决定录用你了。你先去办报到手续。"我说我想回家说一下,他说报过到再回家好了。

从室外进来一个工人模样的中年人,带我出了旅社,朝马路西边走去。在高阳路附近的华成路,他带我走进华成里,弄堂顶头的石库门房子，门牌是 10 号。跨进门槛后，他把我移交给一位张先生，自己就转身走了。

用三夹板隔成的靠楼梯的小办公室，开着电灯才明亮一些。张先生问了我的姓名年龄，读过几年书，做了记录。他的态度很和气。他告诉我他叫张国梁，我到了大连，有什么事可以写信给他。张的年龄，看上去不过 30 多岁。他好像很为难地不同意我回家。但又说可以代我通知我的父亲，要他来一次。这是特别照顾。还说这里一日三餐，住上几天，另外发安家费 20 元，以及棉衣裤、鞋袜和被子。

另一个男子送我上二楼临时宿舍。在客堂间（隔成两个小间和一条过道）里壁的楼梯中间有一道未上漆的又粗又厚的木栅门，那人打开门上的大锁，叫我自己进正房休息，随即又听到他的关锁声。那声音好像给了我当头一棒。

屋子里是乱蓬蓬的草铺。已有十七八个人靠墙而坐，也有躺着的。他们让出一角让我坐了下来。我发现他们的年纪都比我大。有几个人愁容满面。这使我隐约地感到前途未测。朝天井的窗子，钉着很密的木条，我的心里又打了个问号。我第一次尝到了被关押的滋味。大小便只能在门外的木桶里解决。开饭时有人送上来。听送饭人的口气，他是外面包饭做（小饭铺）的伙计。送来的饭是黄糙米饭。一面盆卷心菜，一面盆卷心菜汤。

当天下午，我被喊下去领东西。一套黑棉衣裤，一条两面可盖的薄被，一双无后跟的粗纱袜和一双力士鞋。被子里不是棉胎，而是烂棉花，睡了一晚就拱成一团。

第二天我在楼下见到了父亲。他神色黯然地说："你一定要去？"张国梁在旁说了一些安慰话，父亲给我带来一只小箱子，这是我上初中时母亲买给我的，装着她生前替我结的毛线衫，还有几册课本。我一定要他把 20 元"安家费"带回去。

在华成里 10 号住了将近一个星期。一个早晨，我们被喊到楼下站队。大门外守着四五个人。未见张国梁人影。门外传进几句日语，有两个人走过来，拿来一捆绳子，依次在每个劳工的左臂上绑了一圈，然后叫我们出门。我们走在路上，两旁行人驻足观看。押我们的人中，有一个穿白大褂的女人说着日语，大约是日本护士。当我们走到公平路"关东州劳务协会"门口停下时，她走了进去。不一会儿，她又出来，在我们臂上打了不知是什么名堂的防疫针。又有几路劳工被押送过来。总共有 100 多号人。我们是在公平路码头解下绳结的，并上了一条名叫"青岛丸"的海轮。

"青岛丸"上伙食极差，管事的又很凶。一天两餐都是加几颗黄豆的咸粥，由于呕吐，只能咽上几口。大约是第三天到青岛，下客停泊一天。劳工们不准离开甲板，只能望望四周湛蓝的海水。第五天才到大连。

三

大连埠头外的广场，寒风飒飒，人烟稀少。南来的劳工，蜷缩在一起。一个多小时后，我和其中 20 来个伙伴，由人带到了从火车天桥过去的大连铁工厂。这是一家小厂，厂外转角处有一座铁路涵洞。街名是日本化的，工厂的地址叫荣町二番地。

我被分配在翻砂间（铸工）当养成工（徒工）。当天由一个镶一颗金牙戴日本战帽的苏翻译领我们去邻近一家小面馆吃了一碗炸酱面。这是第一次，也是最后一次。

下午，苏翻译和一个劳工大组长领我们去住地。火车经过沙河口小站，到了周水子小站，大组长说下车了。

我们住进一个小仓库般的房子，地下铺了草，人挨人睡得很挤。那晚吃的是窝窝头（玉米粉掺糠粉），漂几片白萝卜的清水汤。

在周水子住了不到两星期。沙河口春柳屯的土坡上，成了我们的歇息之所。这里有几百号劳工，全是从关内南方"招来"的，干活的地方有好几处。住的是一式的长条土坯屋，约有七八条之多。里面是上下左右四条通铺。下铺是炕式无火洞的垒土，上铺是毛竹和竹片扎成的。

每天由大组长带队，步行去荣町上工，路上要走三刻钟左右。伙食也没改善。一早发两个窝窝头，几片萝卜条，午饭也包括在里面了。晚上是定量分发的碜牙的橡子面和不知什么掺在一起的稀粥。招工启事上所说的大米、面粉根本看不到。后来听当地老乡说，老百姓吃大米也是"违法"的。只是在 4 月的"天长节"（日本天皇生日），苏翻译到大伙房来，向劳工们每人分给二两不到的面粉做的"白面馍"和一小块炸鱼。

翻砂间浇注铸件的铁水，是人工从高炉口抬过来的。同我一起分配来的一位姓张的小工，头一天就挨了日本监工的"马果"（用拳头击脸部）。他和别人抬一个蜗形桶，起步时脚一弯，铁水泼出一些，但没伤到人。日本监工就从瞭望哨似的小间里走出来。此人手里总是拿一根寒光凛凛的钢丝棍，指指戳戳，一双鹰眼充满凶光。上海劳工暗地里替他取了一个绰号叫张三槐。因他的嘴脸像猴。旧时有一种迷信色彩的赌博叫"打花会"，其中有个猴怪就叫张三槐。打人的事是经常发生的。张三槐不但打人"马果"，还喜欢握住对方的手，来上一个日本式的"背包"，把人摔倒在地。苏翻译也打人，当地的，南方骗去的，都被他打过。有时日本人不在场，他召集劳工们讲话，也会说些好听的话，什么"咱们都是中国人哪"等，好像他打骂工人是"没有法子"，出于无奈似的。

　　我与当地两三个童工一起做泥心模子。有时也干筛黑砂的杂活。有一个姓金的朝鲜少年，对我很友好。听说他是来实习的。我把泥心捏坏了，他不责怪，还露出善意的微笑。有一个比较调皮的童工，叫我"南蛮子"，他叮咛我，监工一来，手不能停下。他还将自己带来的大葱和咸酱分给我吃。

　　一个月以后，上下工不由大组长押送了。每天进厂，要把"打钟卡"放进一只像信箱大小的考勤机里，叮铃一声，卡上的格子里就打上了上工时间。迟到几分钟，这一天就白干了。

　　就这样，到了月终发"关饷"（当地工人指工资），我仅得六七元关东票。那些当技工的劳工，也比本地工人拿钱少，每月只十七八元。什么膳宿免费，养成工每月三四十元，保送上学……我这时才明白全是骗人的花招。

四

　　从咽不下"窝窝头"到不够填肚，从轻信纸上的谎言（招工启事）到现实的教训：挨饿、挨打，全身爬满虱子，没有地方看病，手和脚都害了疥疮并溃烂。我接受了两位伙伴的逃亡计划。一位是本地工人，另一位是比我早来半年多的上海劳工顾维定。顾对我说，去年骗来的人，吃不饱又挨打，夏天当掉了棉衣，天冷时无钱赎回，许多人熬不过去，都冻死病死了。与其这样等死不如闯闯。他认识一位本地工人，准备一起逃到奉天（沈阳）去找活干。也许还有希望逃进关内。我也有闯闯看的念头，所以一拍即合。我们各自溜出厂门（因为倒废渣是在厂外的一块空地上），在约定的僻静处会合，然后搭上一辆有遮篷的骡车，向周水子火车站奔去。一路上我们探望着篷外，心里都很紧张。到了周水子车站，由那位本地工人买了三张去奉天的车票，"顺利"地进入月台。

我们获得了片刻的自由，管不了明天怎样。月台上空荡荡的，好像没有别的旅客，出奇的空旷。

火车隆隆地开进小站。"快跑！"顾维定眼尖，他喊了一声，扭头飞逃。我还没反应过来，只见身前一节车厢里跳下一个彪形大汉，朝我奔来。我一回头，又见另一节车厢下来的是大组长。三人逃跑计划彻底破灭了。顾维定没有抓到（以后也一直没有听到有关他的消息）。我和那位本地工人没有跑掉，被麻绳捆了起来。三人的秘密不知怎的走漏了。也许是我们溜出厂门后被人告密。但怎会算得那么准，知道我们会在周水子上车？

大组长们先把我们扭到周水子"官吏派出所"。那个坐在堂中的警官是东北口音。他问了我姓名年龄哪里人，为什么要逃跑等。我的回答（现已忘记）竟使他笑了起来。临了他关照抓我的两个人："还是小孩子，你们不要打他。"

在回来的火车上，他们的口气似乎缓和一些："想逃是逃不掉的。"大组长把我押回春柳屯工棚。另一个押着我的同伙去厂里交差。

当晚，我的双手仍被绑着睡觉。

第二天，大组长把我押到厂内制图室外面的小间。那位本地工人已站在那里。小间里有自来水龙头。脸色铁青的苏翻译，先叫那位工人盛了两面盆水，又叫我们把它托过头顶。时间一长，我支撑不住，两手晃摇，冷水从头顶淌下，湿透全身。早春天寒，这种特殊体罚，至今难忘。苏翻译问，是谁出的主意。本地工人一声不吭。我不知怎么脱口而出："我想回家。"苏翻译冷笑："看不出你这小孩还很会讲义气。"他拿着一段很短的橡皮管，狠狠地抽打本地工人的耳光，那工人给打得嘴上淌血，水流满身。他依旧不开口。苏翻译打得累了，走进制图室去。那工人对我以目示意，把面盆按在头顶上。隔了较长时间，苏翻译走了出来，我们又把面盆托起。里面的水有一小半已淌在我们的身上了。苏翻译叫我放下水盆，先回翻砂间去干活。他继续对那位工人进行拷问。

我回到翻砂间。张三槐吼叫着，打了我几个"马果"。在烘干泥心的小烘房里，我脱下棉袄。小伙伴对我说，挨打时要咬紧牙关，不这样，下巴会脱落的。

五

从此，我又开始了更为苦难的生活。没过多长时间我那几位熟识的伙伴都先后死去。

抬铁水的张小工，有次坐在离高炉很近的铁锭上号啕大哭："我见不到我妈了。"他一边看信，一边擦眼泪。原是很棒的小伙子，却被张三槐打得吐血。夏天，他害腹泻，暴死他乡。

陈德，至多30岁，广东人，讲上海话。我记得他在铺位头顶土墙上贴了一张彩印耶稣像。他先是咳嗽不停，经常发烧，仍得上工。没有气力，又遭毒打。最后死在工棚里。

顾月亭，生前曾告诉我，他在上海时是泥城桥中法药房的练习生。有次路过新闸桥附近的赌台，进去看看，结果输光了钱。不得已，报名来到这里。他身体虚弱，终日唉声叹气。高烧不退，被疑是疫病而隔离，死于时疫医院。

六

五六月间，满身疥疮的我，突然腹泻高烧，处于昏迷状态。我被几位伙伴抬进了西岗附近的小医院博爱医院救治。总算活了下来。我至今不知道当时自己得的什么病。打针使我两肘前后全是针核。那种针一打下去，从脚底热到上身。有的病人说，那是清血针。也有人说，你大概是斑疹伤寒。

高烧退后，才知道邻床的一位年轻人是晚期肺结核。他嗓音嘶哑，好意地把他没有动过的半两小馒头和一块鱼给我吃。我看到两三个年轻医生，轮流地用手指敲击他的胸部，似乎在临床实习。我看着他无声息地死在床上，被抬了出去。

住院十多天，我的头发几乎全部脱落。关节处一动就有声音，至今如此。绝望之中，我给父亲写信，求他去"关东州劳务协会"找张国梁先生帮忙，把我赎回家乡。

我一点力气也没有，瘦骨嶙峋，放在铁工厂连轻活也干不动，我已榨不出油水了。

苏翻译把我找去，他先训我不能干活，又说："上海劳务协会转来了你父亲的信，放人是从来没有过的，但我很同情你，所以对日本人说了。你再写封信回去，要你父亲马上寄钱来。寄给我好了。半年多的生活费，住院医疗费，安家费和被服费，还有来去的旅费。为了照顾你，寄300元可以了……"

我终于在八月间由大组长送到埠头。一个人走上了"奉天丸"轮船。船到青岛前，大通舱乱起来，因为前面有条船触到水雷爆炸了。许多人争先恐后地套上救生包。我没拿到。总算没发生什么，我平安地回到上海公平路码头。上电车时我连踏脚板都跨不上去，一位乘客扶了我一把。

我又"复活"了一次，终于见到了家人。

父亲苦笑着说："你回来了。回来就好了。"

我从继母处得知，赎身钱是父亲向各亲友借来的。

这就是我少年时的一场噩梦。我自己都没想到当时能活着见到我的家人，而且一直活到今天。

匪窟逃生记

赵　桓

1930 年前后，土匪在鲁南一带活动十分猖獗，残杀百姓，抢掳民财，人们每日里心惊肉跳，提心吊胆。而国民党官军剿匪十分不力，经常是虚与周旋，甚而串通勾结，贩卖武器弹药。

一日，泰安县徂阳区公所行文各村：土匪为害，人命不保，官府既无力保护，吾人宁不思自卫。并饬令各村成立联防，区长坐收联防费。联防成立之后，小股土匪活动渐息。不料刘匪郭马蜂占据了蒙山，四处打劫，各村虽有联防，只能防御小股土匪，却不敢抵御刘匪大队人马。有钱人家纷纷逃进有围寨防御的西柴城避难。小股土匪在联防成立后不敢再绑票了，却暗中勾结刘匪郭马蜂，做郭匪的坐地眼线，使郭匪得悉富户都在西柴城避难，就远途偷袭西柴城。

1930 年农历十月初九日夜，郭匪悍将八字钢带领一队匪兵直扑西柴城，集中火力猛攻，农民用棍棒、大刀、火枪、火炮对打。有步枪的徂阳区公所民团紧闭寨门，不敢发一枪，怕引火烧身。土匪终于登上云梯，破寨冲入，打死守卫寨墙的农民 28 人，掳走男女老少 200 余人，牛驴骡马百余头，财物无数。这伙土匪押解着老百姓和牲畜浩浩荡荡通过某国民党军游击旅防地时，却安然无事，遂返回匪巢秋子峪。

掳去的男女老少有年逾花甲的老人，有缠足的妇女和青少年姑娘，也有少数的青壮年男子和儿童。我家住西柴城，我和二妹也一起被掳。这支被劫的特殊队伍，一夜走了100多里路的山陵荒丘，老弱妇孺是怎样走到匪巢的，其凄惨景象可想而知。土匪们打扮得像妖魔一样，数九寒天只穿几条单裤子（有红裤子和绿裤子），头上戴着绣花女人帽、红缨狗尾巴帽、三开扇皮帽、礼帽等，总之，抢到什么样的就穿戴上什么样的，随抢随换。匪徒们满脸锈斑，红眼睛，叫人一看见就吓掉了魂。土匪和野狼一样是不走路的，专拣丘陵野地跑，老少幼弱男女怎能跑得动、跟得上啊！前后土匪阵阵狼嚎鬼叫，不断地喊："不要拉当子（指拉得远）！"看到哪个走的慢下来，拉开了当子，就一脚把他踢出行列，举枪打死在路旁，比蹬死个蚂蚁还容易，绝不让你活着掉队回家。吓得前后的人拼命地跑，跟上当子，怕拉下被打死。一夜前后枪声不断，都是打死的走不快的男女，真惨啊！奈何当时的政府军不保护老百姓！

刘黑七的这股土匪打到哪里就杀到哪里、抢到哪里，不管穷富一网兜尽。富的倾家荡产，搜尽钱财来赎人，穷的榨不出油水来，就剁去他的手，或者割去他的耳朵送给他的亲人，来威胁家人多拿钱快拿钱来赎人。土匪驱赶着掳来的老百姓返回蒙山秋子峪，把掳来的200余名老百姓交给坐守匪窝的人，登记地亩、财产作为勒索钱财的筹码。审问的第一个人是叫王可可的老汉，他穷得没有大号名字，人们因他口吃，习惯叫他王可可。土匪问："你家有多少地？""可！可……可我家连坟子共四分地！"一枪便被打死在地上。接着问另一个农民："你家有多少地？"那农民吓得浑身筛糠，结巴着嘴说："我家只有亩半地。"半字犯了贼讳，也被一枪打死在王可可身旁。又拖过第三个人来问，也因报地少被打死。接着把我抓过来问："啥名字？留洋头的学生！"我当时只有十几岁，看见土匪杀人如杀鸡一样容易，心里吓坏了，就哆嗦着说："我叫赵方玉！"

"你家有多少地？"

我不敢说多少地，只答说："我家里地多着哩！"心想哄过这一关再说。

土匪说："你家的地有多少，哪有不知道的！哼！"

"我在泰安城里上学，真的不知道有多少地。"

土匪转怒为喜，问："你家的地都在哪里？"

"庄南庄北、庄东庄西都是俺家的地。"

"外庄有吗？"我见土匪吃哄，也是年少胆大，索性吹大一点说："有！"土匪问："有买卖吗？"我想土匪的欲望是越富越多越好，就胡编说："有买卖！"土匪一听有买卖，高兴地问："什么买卖？"我说："酒店、油坊都有。"土匪有点怀疑："你家的酒店、油坊在哪里？"我越编越大："济南、青岛都有我家的酒店、油坊。"这一下子土匪的兴趣来了，一个戴三扇皮帽有两撇八字胡的人问："小当家的！你干啥事呀？"

"我是学生，在泰安城里上学。"我这句话照实答。

"是阔客，先生那边坐！"土匪认为我有大油水了，便叫我离开大家坐在另一边。从此以后土匪都叫我是先生。这次我终于过了土匪的第一关——地亩关。那个戴皮帽中等个40多岁的人，名叫尹士银，他就是在南山里坐朝廷的尹士贵派到郭马蜂团的监军。因他事事都管，土匪都称他是"司务长"。

登记完200多人的地亩账，太阳已挂西山。土匪抬出几筐地瓜、窝窝头来放在地上，喝令每人只准拿一个窝窝头或两块地瓜。我也跟着去拿，戴皮帽的那个人马鞭一指，不准我拿，只好空手回到原地，坐在冻土地上，看着别人吃。这时，过来一个穿长棉袄的十多岁的小男孩，把我带到一个无大门的石墙院子里。一阵香味扑鼻，原来庭院里煮了一大铁锅牛肉，几块大石头支着一口大铁锅，两段树干并排燃烧着，锅里沸沸滚滚，香气四溢。我想准是抢来的我家的那头大黄牛。没容我多想，便把我带进堂屋里，土炕上正躺着两个横眉竖眼的人，身上盖着黑呢子大氅，正吸大烟哩！见我走进屋里，叫我坐在屋门里小凳子上，并大声喊道："兜酸子来，拿牛肉！"我惊疑不止。原来"酸子"是土匪的匪语，指馒头。我一天一夜的紧张心情这时稍松下来，不管三七二十一，先吃饱肚子再对付他们。我暗自思量：能捞着馒头牛肉吃，是因为我吹富成了"阔客"的原因吧。满脸横肉的那个人，停住手中的烟枪，狼吼着问："你庄里有几支快枪？"我说："净是土枪土炮，没有快枪。"他伸出包着拇指的右手气呼呼地狂叫："你庄里要是灌不满我的钱袋子，我就宰了你们，我这个手指头就是你庄上快枪打的。"我大口吃着馒头和大块牛肉，心里想，狼恶贼恶能有办法对付，人饿极了没吃的难对付，先吃饱了再说。这个被打掉拇指的人，匪号叫八字钢，就是他带领匪徒攻破西柴城掳掠一空的。

天黑下来，土匪把我押进"客棚子"。客棚子是三间石墙草房子，50个男人正在搓线绳子，院子里的木柴火照得屋里看得见人脸。俺庄张三把搓好的绳子交给土匪，土匪接过来一看，举起棍子重重地打在他的身上，嫌搓得松，叫他另搓。土匪接连打了三个人，都是因为搓得松。土匪又对我吼道："先生！搓绳子！"遂递给我一撮麻。我见土匪打了几个乡亲，都是因为搓得松，我不知道这线绳子派啥用场，就故意说："以后送银圆给你们，没有小制钱，搓线绳子有什么用啊？"土匪坐在小板凳上两腿一并，双手由两大腿外边伸进两腿里头，两大拇指并在一起，比给我看说："用线绳子这样绑起大拇指来！"我的天呀！数九寒天绑上一夜，哪能受得了啊！得想法子对付它。我卷起裤腿来，使劲地在腿上搓起来，搓好了交给土匪。土匪接过线绳子一摇晃，像铁线一样硬邦，不打弯，就举给大家看："喂！都得搓得和先生搓的这根绳子一样硬邦才行！"大家面面相觑，惊恐不已。

我搓完绳子就挤进里边，坐在大家中间。60多岁的赵锡谟老人说："方玉，你年轻不知好歹，那线绳子是绑你自己的啊！"大伙都埋怨我搓的绳子那样硬，绑起来会勒进肉里去，害了大家，我后悔不迭。这时五个土匪动手绑起人来，绑的人坐在那里像个元宝，躺下脸触地像个蜗牛，难受难忍。我见这个光景心都碎了，苦苦地思索着对策。该动手绑我了，我说："绑我做什么？"土匪狠狠地说："怕你跑了！"我说："你们不是要银圆吗！送给你们银圆就是了，我不会跑的，还用绑吗？"土匪厉声说："你银圆再多都送到当家的那里去，我们几个人能分到几文呀！得另给我们几个人看栏门子的钱。""你要我给多少栏门钱？"我一看有了缝就故意问。几个土匪互相递了个眼色，年纪大一点的土匪说："给我们每个人20个大头。"我说："嘻！送给你们100块银圆，你们自己分吧！我家卖座油坊尽够了。"土匪们齐声说："不绑你啦！甭拿银圆来，都换成五元一张的中央银行的票子给我们。"我不解地说："银圆是银子的，中央票子是纸的，还是银子的好。"他们当真我有这么多银圆给他，一个土匪便说："纸的我能带1000元，银的怪好，我能带几块啊！"我说："那好，等说客的来了，我给家里捎信回去，把银圆都换成银行的票子，带来给你们。"我把土匪说得晕头转向，又骗过了夜绑拇指关。

我挨近赵锡谟老人身边，他脸拱在草铺上，蜷曲着身子像个蜗牛，痛苦地说："绑得手都木了，浑身痛，小便怎么办？你给他们说说吧！我也拿银圆给他们。"满屋的乡亲都像元宝一样，个个拱头蜷成一团，一夜哪能受得了啊！乡亲们都小声说，愿送银圆给土匪，好解开绳子。我挨到土匪身边哀求说："叫他们也送栏门子钱给你们，给他们解开绳子行吗？"土匪爽快地说："好！每人拿十个大头来。"我说："他们都不如我家富，拿钱赎客后，就拿不出十个大头来，一头大黄牛才卖十来元钱。"讲到后来，土匪松口每人五个大头，要我担保。我赶忙说："谢天谢地，把酒店、油坊都卖出去，我担保250元就是了。"土匪就给他们解绳松了绑。大家偷偷地看我，都知道我家里就那30多亩地，哪来的酒店、油坊？心里都明白我在冒死对付土匪，骗过夜绑大拇指这道关。

土匪不准绑客在夜里动一动，更不准夜间出屋去小便。赵锡谟老人夜里尿得棉裤湿漉漉的，寒冬腊月天气，吃点薯叶糠团子，喝点凉水，加上天天点名挨打，没几天就给折腾死了。

马鸿逵的十五路军进山剿匪，老百姓望眼欲穿，切盼中央大军解救被土匪掳去的亲人。十五路军进到蒙山边，还没望见土匪的影子就打起迫击炮来。这无异于给土匪打信号炮："大军来了！"打炮也是给老百姓听的："大军剿匪来了！"土匪们听到炮声并不在乎，押着客头往山里走，边走边大声喊着："搬顶子！"于是土匪三人一伙、五人一群，抢占了几个山头，监视着望不见影子的官军。中央军来剿匪可害苦了骨瘦体弱的绑客了，郭马蜂把大氅往马背上一搭，喝令众匪赶着几百名客往蒙山里疾走。客偷偷地斜望炮声响的官军方向，希望他们快快打进来，好解救他们，但只听远处炮声响，连官军的影子也望不到。土匪押着客躲进了蒙山里的明光寺。

十五路军前进到土匪驻的秋子峪驻下来，把土匪赶跑了，剿匪"告捷"，饬令老百姓送馒头、猪肉犒军，暗地里又同土匪做起交易来：土匪背着钞票偷偷到十五路军那里换子弹。十五路军剿匪20多天，没剿着一个土匪，倒是土匪被装备起来，土匪的子弹袋又鼓起来了。郭马蜂掳来十八庄院的老百姓有 300 多人，20 多天来吃什么呢？土匪杀牛宰马剥驴吃肉，客从草丛里拣点橡子野果一类的东西哄哄肚子，苟延生命。岳庄的老百姓已捉来两个多月了，折磨得更惨。明光寺是座山里大庙，大殿有墙无顶，蒿草丛生，小树长出墙来，狼狐乱窜。绑来的老百姓就在露天里靠着石头墙过夜，北风呼啸刺骨寒，一片呻吟声，惨不忍闻。土匪倒是过惯了这种野人生活，白天押着客上山砍菠萝树（大叶麻栗）来，燃着熊熊篝火烤牛肉吃。岳庄的客饿得瘦骨嶙峋，肚皮贴到脊梁骨上，见能填肚子的东西就吃，他们竟把土匪弃掷的生牛皮吃了一张。

十五路军又打炮进山，这伙土匪与十五路军有默契，并不抵抗阻截，也不远逃，节节搬顶子瞭望。土匪一直退到蒙山的黾门顶，给官军留出撤兵发财的借口来。黾门顶背后山腰里有个山洞，洞里阴森潮湿却不太冷，又累又饿的我，倒头便睡。天明，我摸着枕的东西硬邦邦的不像石头，仔细辨来却是一具僵硬了的男尸。土匪号叫着说："是憨瓜子，掀出山洞去！"这具男尸不知是何年何月被土匪害死在这里，是明光寺人，还是山外异乡人？恐怕他爹娘还依闾望儿归呢！

十五路军撤走后，土匪又回到秋子峪来。他们看到有饿毙山涧的客，生怕饿死了值钱的客，捞不到大头，就把家里地多"值钱"的客挑拣出来，归成一个棚子，称作"阔客棚子"，格外给点阔客吃的东西，保住活命好卖钱。"阔客棚子"里共有 24 名阔客，我和二妹分到"阔客棚子"来，其中还有两个六七岁的小孩，男孩叫捻，女孩叫琴。

土匪一返回秋子峪就急忙外出抢粮。郭马蜂派八字钢率匪众攻破山外孤零零的巩家庄，见人就杀，概不要人，因该庄人穷得分文不值，只抢吃的东西。土匪押着男客到巩家庄抢吃的东西，挨户搜索，只要能治饿的东西就拿。我用找来的一条单裤子，背了两裤裆柿子皮、地瓜干和地瓜秧，幸运的是我还找到了一把木工利斧，偷偷地掖到腰里。我跟着大队踏着血腥死尸的街道走出巩家庄。

　　土匪让我们用砍来的小树干搭成马架子，再在马架子上用葛藤编绑上一层细木杆，把衰草树叶培到上面，盖起了一间草棚子，地上铺了厚厚的一层树叶，这就是"阔客棚子"了。24 个有钱的阔客挤坐在草棚子里，伸不开腿，躺不下身，动弹不得。夜间三个土匪堵住草棚门睡，防备阔客逃跑。早晚各放风一次，没有人性的土匪小二拿根棍子堵在门外，出来一个客打一棍，打到 24 棍子说："够数！"进草棚子照数打 24 棍，说是点名。小二不过 20 多岁，成天拿折磨客来开心。

　　土匪押着客上山砍树来烤火，我乘着砍树出去的机会窥探山川小路方向和地形，借砍树扛柴的理由扒开通往野外的围墙，做逃出匪窟的准备。

　　土匪把菠萝树架在篝火上，取暖烤肉吃。客蜷伏在草棚里冻得瑟瑟发抖，大人把两脚盘坐在屁股下边，两手拢进袖筒里，嘴贴进领口里来保暖。可怜的小捻和小琴成天价呆呆不语，一个冬天冻坏了手脚。天不刮风，山涧风自来，冻得心肝都是凉的。客们头发像蓬蒿，满脸锈斑像个鬼，只穿件光筒棉袄，伸手往棉衣里摸一把，虱子一小撮。我脱下棉袄里穿的褂子来，搭到石墙上冻了一夜，虱子像一层红芝麻，变色僵死了，撒进火塘里像爆豆子乒乒乓乓地乱响。小捻的家是西柴城，他家倾家荡产把他赎出去后，听说他爸把他背回家后不几天，他双腿下肢从膝关节烂掉了，成了残废，他妈哭成泪人。小琴的家在甘露滩，因避匪难逃进西柴城遭匪劫，赎回没几天，双手从手腕关节处烂掉了。

　　马鸿逵的官军撤走后，受难家人纷纷磕头求人进山赎亲人。我的父亲冒险来到郭马蜂团部赎儿子，因我过地亩鬼门关时吹富冒上了天，土匪要价太高赎不起了。西柴城进山说客的，没有谈成一个客的价钱，都是因为怕被枪打死多报了地亩，照地亩要价，哪家也赎不起。

　　土匪急于要钞票到手，就疯狂地残害起客来，先拉出薛家庄的一个姓张的青年男子，一个土匪举起大刀猛地剁下去，手唰地掉在地上，青年一头栽倒地上，昏厥过去。登时鲜血染地、白肘骨露出半寸长来，吓得陪绑的众客魂飞天外，目瞪口呆。接着有的客被割去耳朵，刑逼家人快拿钞票来赎人。

"阔客棚子"里的客目睹割耳朵、剁手的惨祸，日夜惊恐不安，生怕被土匪拉出去剁手、割耳朵。一天，土匪忽地把我押解到了团部。八字钢见押进我来，从烟榻上坐起来，吼骂了一声："奶奶个七叶子！"郭马蜂指着我叫喊："写信！叫你家里快来说客，说客的不来，就送客（匪语即杀客）！"叫他的马弁给我拿来纸和铅笔。我知道土匪杀人比杀只鸡还容易。这时我什么招数也想不出来了，这个鬼门关是过不去了。我坐在小凳子上慢慢地写信，偷眼看两个贼首有什么表情。写完念给郭马蜂听了，八字钢怒声叫："把他的'山风'（耳朵）捎家去！"土匪抢过我写的信扔给早已等在门外的穷客赵春寅，手里提把菜刀扯我到院子里，他左手揪住我的耳朵，举刀就要割。我把眼一瞪，牙一咬豁上了。那土匪举起刀来一看，刀刃净豁口，气得他噌的一下把刀扔出了墙外，又到屋里找出一把锋利的剃头刀来。他扭住我的耳朵刚要下手，忽听得"奶奶的七叶子，你们又糟践客啦"的骂声，旁边一个土匪说："司务长来啦！"土匪不由自主地松下扭我耳朵的手。郭马蜂见司务长骂他的马弁，站在屋里同在院中的司务长吵起来。八字钢出来圆场，说不割"山风"了，照顾两人的面子，改为鞭挞。土匪恶狠狠扒下我的棉袄，手执马鞭使劲地抽起我的背来，鞭鞭挞下去鲜血淋淋。一个土匪悄声说："打他的腚！"抽得棉裤开了花，我才闯过割耳朵这个关。

土匪看完我过了鞭子关，才推搡着赵春寅等两个穷客，走到村西头，一枪打死了赵春寅，恶声吓吼另一个客不准回头，快跑回家送信去！

　　我被鞭挞完，押回"阔客棚子"，乡亲们见我被打成这个样子，捂住脸哭起来，我二妹哭得更厉害。我劝大家说："听天由命吧！哭有什么用啊！"小土匪刘季弄来点木柴灰捂在我的脊背伤口上。

　　我从刘季口里探出土匪的活动规律：小股土匪常夜出抢劫；匪窟周围有三层岗哨；留在家里的土匪押宝掷骰子；在村外站岗放哨的土匪怕冷，都用棉被裹住只穿单裤子的两腿躺在地上……我暗思如逃跑碰上土匪岗哨就用上我的斧头了。一时因为二妹缠足行走不便，没有想出办法来，犹豫不决。但这次没有割掉我的耳朵，郭马蜂绝不会善罢甘休的，等待我的将是更大的灾难。

　　乡亲们默默地看着我，都意识到我是过不去这道鬼门关了，阴沉悲痛的眼神露出一片绝望的表情。我低头琢磨：谁能助我一臂之力，一同逃出虎口去？棚子里的阔客多是老弱和妇女，只有四个青壮年男子。我暗约同学韩锡常兄弟俩一同逃走，没料到他兄弟俩一听到逃走，连连摇头说："不行不行，逃不出去！就照你说的听天由命吧！"我暗自后悔不该向大家说听天由命的软骨头话。第二天我悄悄活动大个子赵元英说："你家里到现在一次说客也没来过，怕是不会花钱来赎你了。"他凄然说："继母当家，还有两个小兄弟，不会倾家荡产来赎我的。"赵元英家在杜村，他是在西柴城亲戚家被掳来的，因他人长得高大故都叫他大个子。我说："你看土匪这几天来，把没指望来说客的和不值钱的穷人，拉出去剁手的、割耳朵的、打死的，你和我这个情况，待在这贼窝里不是等死吗！逃跑还有一线活路可走，万一逃不出去，就同土匪羔子拼了，拼死他一个够本，拼死他两个就赚他一个。"他惊疑地问能逃出去吗？我说有一线希望，我知道土匪夜间站岗放哨的位置和活动的情况，咱躲开岗哨走，万一碰上土匪就扑上去和他拼！比等着土匪来宰割我们合算多了。大个子听完就说："那就闯吧！要是能闯出去，就是祖宗的阴德。"他下了决心。

监管"阔客棚子"的三个土匪，年纪大点的那个大老石当土匪混日子，家无老小；小二是个青年，天天拿打客来开心；刘季才17岁，母子二人苦度日月，土匪强拉他入伙。三个土匪夜间堵住草棚子门口盖一床棉被睡，防备阔客夜里逃跑。我怂恿刘季和大老石、小二调换过来堵门口睡，我两腿插进被子里同刘季堵住二尺宽的门口，头朝外睡，准备腾出一尺宽的空隙来，好做逃出时的出路；并安排大个子隔着我一个人坐着，叫二妹隔着大个子一个人坐着，都靠近门口移动了一个人的位置。但不能变动太大，免得引起土匪的警觉来。一切安排就绪，专等着我的暗号就爬出草棚来逃命。夜深，我轻轻地抬起头来，细听土匪的气息。恰在这时两个土匪来查棚子，他们用电筒照见留学生发的我，破口骂起来："奶奶的七叶子，你们叫客在门口睡！"刘季三人睡在那里不理睬，任凭他们骂。查棚子的土匪走了，我感到事态严重起来，害怕情况发生变化，这草棚子门口是我的生死关口，倘若查棚子的报告上去，来追究此事，小二借口不准我睡在门口，就坏事了。谁知涣散的土匪组织并没有追查我睡在门口的事。入夜，我和刘季仍堵在门口睡。

等土匪熟睡后，我轻轻坐起来，不料我的腿触动了朝里睡的大老石，他咕哝了一句，我忙装作挠痒，听大老石翻身又睡去。我又慢慢坐起来听动静，小二呼呼的鼾睡声，刘季睡得像死猪一样。我伸手去捏了大个子的腿三下，就轻轻爬出草棚外，摸出藏在草叶堆里的利斧，握在手中，注视着土匪的动静。墙外赌博的土匪敲着手中的银圆走向赌场。大个子得到暗号后，摸着二妹拧了三下，即轻轻钻出草棚子来，二妹爬出草棚时，紧张得撞着了草棚子门，撞得草棚上的草叶"唰唰"响，我急把二妹拉在一边，紧握利斧贴在门旁注视着睡觉的土匪，只要他们一动身，就劈过去。草叶的响声只影响了大老石本能地咿呀了几声，翻过身去又熟睡了。

按约定好的行动，大个子走在头前，我架着二妹看着大个子的背影走。还没走出荒园子，大个子回来小声说："我近视眼看不清前面的东西。"我立即叫他架着二妹，叫二妹看着三十步以外我的背影走，如碰上土匪我则同他们拼，叫他俩快逃。刚越过墙豁口到了村外，真是天助人愿，平地刮起西北风来，树叶随风飘动沙沙地响起来，淹没了我们的脚步声。只见站岗的两个土匪凑在一起，都用棉被裹住两腿躺在那里。我避开这两个岗哨，沿山腰急急爬行。走了几十里路，月亮露出脸儿来，远处的物体看得见了。我们走得精疲力竭，只得沿着山间小路走，上了山梁。山梁小路上一溜马粪，吓了我一跳，莫非今夜土匪出来打劫，刚走过这条小路？我急忙拾起马粪蛋来用嘴咬，粪蛋冻得邦邦硬，一颗心才落了地：今夜土匪没走这条小路。我们就放心顺着这条小路走。

天初亮，望见山下有一个村落，见村头上有一伙人，手持闪亮的刀枪，疑是与土匪通声气的村子，我就叫他俩隐蔽在山沟里，嘱咐他们等我回来一同走，若是我不回来，定是出了事，等天黑下来，你们再绕山回家，免得出事。我把斧头往腰里一掖，装作行路的人，朝山下村头走去。立时几个人举着刀矛冲上来，喝问："干什么的？"我说："庄户人！"两人上来掣起我的胳膊就搜身。我看清他们也是庄稼人，就说："我腰里别着一把斧头，是准备和土匪拼命的。"便抽出来给他们看。众人问："你家是哪里？"我告诉他们家住西柴城，是被土匪掳去的。我急于想知道我逃到了什么地方？就问贵庄是哪庄？他们说是徐家庄。我一听心里落了地；离家只有50里路了。忙说："贵庄有个徐振喜是我的同学，请给他送个信，就说俺赵方玉逃难到这里。我的妹妹还躲在那边山沟里，我回去接她来，就到振喜同学家里。"我回到山崖下，见他俩躺在沟坡上，像死了没埋的尸体一样，脸皮贴在骨头上，灰暗没血色，腿上的套裤一夜爬山磨烂了，如丝丝草蓑衣，不由我一阵心酸眼湿。我叫声："元英大哥！好了，前边山下站岗那个庄叫徐家庄，我的同学徐振喜的家就在这庄里。"大个子一听，跳起来一拍大腿说："外甥家到了。"那个高兴劲儿！原来徐振喜是他的外甥。二妹听到逃出贼窝，忙跪到地上朝北磕起头来："谢天谢地，老天爷有眼。"

我俩架着二妹一步步挨到同学家里，徐振喜一家关心地忙这忙那，安排我们吃饭。我生怕家里求人进山去赎我，被土匪捉住，便急忙吃了点高粱煎饼，骑上毛驴一人急急往家奔，不到中午就赶进村里。只见满街垃圾，寥寥几个妇女老妪，有的在碾上轧高粱面，身上大都穿着重孝，呆滞的眼神看着我发愣。我牵着驴走近一个妇女，叫了一声"大婶子"，吓得她扭头就跑，另两个妇女扭着小脚也跟着跑了。我这才意识到，45 天的匪窟折磨，蓬头污面，瘦得身如枯柴，一身破烂脏污衣服，活像城隍庙里的小鬼怪，谁还认得！不禁心里惨然。

来到家中院里，叫了几声："娘，儿回来啦！"家里人听到叫娘声，从屋里一拥而出，见我这个样子，都抱头痛哭。我急问："说客的进山了没有？"我父亲两手一拍说："天啊！老祖宗造下的孽，托周三去山里已走了三天啦！你跑回家来，还得卖光家产去赎周三，一家老小还得去当叫花子。"我说："赶快差人去追回周三来，否则进了匪窟就没命了！"

去追周三的人赶到泗水县的卞桥，一打听，真是天无绝人之路，坏人帮了大忙。原来，国民党的卞桥民团想发横财，硬说周三进山赎客是通匪，正把周三吊在屋梁上，勒索钱财呢。小民拧不过地头蛇，我家只好再变卖产业花钱保出周三来。

这就是我在兵荒马乱的年代，所经历的一场历时一个半月的土匪劫难。

平顶山惨案幸存者的自述

杨占有

日本帝国主义侵华期间，在中国犯下了数不清的滔天罪行，辽宁抚顺平顶山惨案就是其中之一。惨案发生时，我正在日本人开的矿上当矿工，日本兵血洗平顶山，我身受重伤，是从死人堆里爬出来才得以逃生的。

我的原籍是热河省，自幼家贫，父母双亡。15 岁那年，家乡闹起大灾荒，人们四处逃荒。我也跟着跑了出来，一路要了一个来月饭，才走到抚顺，找到早年流落抚顺给日本人当了矿工的三个哥哥。从这一年起，我也变成了"煤黑子"；几年后，我的其余几个兄弟也都陆续来到抚顺当矿工。我们兄弟八个先住在杨柏堡，后来杨柏堡要揭盖（开拓露天矿），就搬到平顶山去住。其间，兄弟们先后成家，我们一家发展到 24 口人，我在弟兄中排行第六，人们就唤我为六哥。

1932 年，我 36 岁，那年农历八月十五日夜晚 11 点多，一阵阵"冲呀，杀呀"的喊叫声把我从睡梦中惊醒。这天夜晚月亮正明，我爬起来往窗外一看，一群群的人，身穿土布衣，头上包块布，有的手拿梭镖、大刀，有的肩扛大扎枪，也有两三个人抬一门土炮，还有少数骑马的，从平顶山大街上飞快地穿过。头一回看见这样的一帮人，心里很害怕。这是什么队伍呢？会不会伤害老百姓呢？我偷偷地溜到房后的苞米地里躲了起来，看看这帮人究竟要干什么。他们敲敲老百姓家的门，人家不搭理，也就走了，只是嘴里不停地喊"冲呀，杀呀"，看上去不像是"胡子"（即土匪）。一会儿，栗家沟的把头店铺着火了，腰截子的日本街也着了火，接着，枪声大作。这时我明白了：是最近以来所传闻的救国军、大刀队来杀日本鬼子的。打了一阵，看来他们是打不进去，匆忙沿着原路往回跑。这一夜乱哄哄，一直闹到天亮。

天一亮，一切归于沉寂，人们三三五五议论昨晚发生的事情："大刀队打日本鬼子，替中国人出了一口气。"出去一看，只见从平顶山到东岗这一路遍地尸体，大刀队伤亡相当重。而日本人只死了几个。我们把抗日军的尸首给收拾起来，一直抬到晌午才收拾完。我回家正准备吃中午饭，忽然来了几辆满载日本兵的大卡车，在平顶山的北头停下。日本兵一下车，立刻把整个堡子包围起来，不许进也不许出，然后分成十几伙，从北头到南头，挨门挨户把老百姓赶出来。我全家除四哥杨占青在栗家沟没有回来外，23口人全被赶到了街上。此时街上乱作一团，嗷嗷乱叫，日本兵用脚踢，用枪托撞，拼命赶着人群向前走。我看有不少人身上还背着被，手里拿着点值钱的东西，而我却什么也来不及拿。走不几步，看到我的邻居一位老太太，因小脚走得慢，被日本兵一刀刺过去，立刻倒在血泊里。房子也被点着了，熊熊烈火烧红了半边天。我心想：这是怎么回事？从哪里招来这么一场大祸呢？我不敢往下想，一切听天由命吧。但无论如何也没有想到日本兵会用机关枪来对我们进行集体屠杀。

约在偏午时分，我们都被赶到牧场草坪上。草坪的北头是牛奶房，有铁丝网围着，西头是两丈多高的山崖，只有东面和南面可以出入。我们在草坪上一家挨一家地坐着，在我前面不远的地方，架了两个带脚的东西，上面各蒙一块三角布，我心里犯了猜疑，有人说那是照相机，人们交头接耳地议论着。在这紧张时刻，一个军官模样的出来气汹汹地哇哇大喊，人们虽不知其意，但此时的气氛令人警觉起来，知道事情不好，立刻引起一阵骚动。正在骚乱之际，日本兵把架子上的三角布揭开，有人一声尖叫："不好啦，鬼子放机关枪啦！"话还没有落音，有一个军官模样的日本人嚎叫一声，立即"突突突突……"一排子弹射了过来。没等我定神，我旁边的一位山东老太太举起血淋淋的双手，倒了下去，接着我老婆也中弹了。我俯下身去，只听她说："你早不听我说，早听我说，昨天上姐姐家去串门多好！现在已经晚了。你赶紧抱孩子逃命吧。如果不再来子弹，我还能行，你快跑吧。"我说："子弹这样密集，跑不出去啦！"机关枪一个劲地嚎叫，震耳欲聋，"突突突突……"从南到北，从北到南，来回疯狂地扫射，一簇簇的人群倒了下去。我同老婆话还没有说完，就觉得左臂一凉，一颗子弹穿进去了，同时我老婆又中了第二弹死去，躺在我两条腿上。我左臂流血很多，痛不堪言，头也昏昏沉沉。我不知道紧挨在我旁边的弟媳什么时候受了伤，只听她对我说："六哥，起来吧，让他们打死痛快，何必这样受罪呢！"她挣扎着坐起来，没等坐稳，一头栽下来，压在我头部和胸部，死去了。弟媳的鲜血直往我的身上、嘴里、眼睛里流，一会儿便把我眼睛给蒙住了。这时，我身上压了好几个死人，上半身是弟媳，下半身是我老婆，弟媳和老婆的上边又各压有死人。我压在最底下，透不过气来，汗珠和血水混凝在一起。我左臂负伤后的痛苦，我觉得还差一些，最使我难受的是死人的血水不时从我脖子上流过，那种滋味是没法形容的。在这样的时刻，是死是活，已不容多想，我也忘掉了死亡的可怕。至于我一家人谁死谁活，我也一概不知了。也许是因为我身上死人压得多，从我弟媳躺到我身上后，日本兵的机枪子弹就没有再打到我，这样，机枪疯狂扫射的头一关躲过去了。

我记得当时机关枪就架在我们眼前，一挺机关枪只配一个刽子手，我一共只看到两挺，但是后来有的人说有五六挺。日本兵的主要兵力不在屠场上，而在离屠场还相当远的东、西两侧山头，目的是防备大刀队，怕他们冲进来营救被害者。

机枪连续打了一阵子后停了，我在昏迷中听到日本兵咕噜咕噜说了几句什么话，一会儿又听到汽车的马达声，我想这一定是鬼子兵屠杀完要走了。最后一辆车刚刚开走，我听见有动静，是没死的人开始挣扎呻唤。这一下糟了。日本兵发现还有人没死，马上把车头一转，再来第二次屠杀。这一次屠杀比起机枪扫射要惨得多。日本兵跳下车，一个个端起刺刀，从北到南挨个地往人们身上刺。我睁不开眼，也不敢抬头看，只听鬼子"库啦、库啦"的喊杀声和刺刀刺到人身上的"克哧、克哧"声。刺到死人身上，只听到"克哧"声，没有反应；刺到活人身上，发出各种凄厉的惨叫，特别是刺到孩子们身上，听那小孩的哇哇尖叫声，人间再没有比这更残忍的事了。刺杀声越来越近，很快轮到我了。我想这一下算完了，爱怎么刺就怎么刺吧。我咬紧牙，屏住气，等着他们刺。只听得"克哧、克哧"两下，都刺到我身顶的死人身上，我当时被压在最底下，全身沾满了血，日本兵以为我早死了，这样我又躲过了第二次屠杀。但是，我的几个哥哥这次全死在了刺刀下，我清楚地听到他们遇刺后的惨叫声。我又听见一位摊煎饼的山东老大娘，临死前还痛骂日本兵："他妈的，操你娘……"第二次屠杀，一直刺到太阳快要落山，鬼子才收兵登上车回去。

这次日本军车开走，再没人吱声了。过了很长时间，才慢慢听到有点响动。我意识到日本人确实走了，才使尽全身力气，推开身上的尸首，挣扎着爬起来。我的眼睛被血糊住，费了好大劲，才把眼睛张开。睁眼一看，黑压压一大片，东倒一个，西倒一个，全是尸首。死的人有的脑袋崩裂，有的胸膛开花，有的丢了臂，有的断了腿，有的身受几十处重伤，血肉模糊，看不出人样来；未死的人有的在做绝命前的惨叫，有的发出低微的呻吟声。还有各种各样没法形容的惨状，叫人目不忍睹。再往远处一看，平顶山堡子全被烧光了，只剩下一点余火还在燃烧。整个草坪被鲜血染红了，成了一片血海，阵阵晚风卷着又咸又腥的血腥味，夹杂着机枪射击后的硝烟味，扑鼻而过，令人痛感分外凄凉。

这时，天下起了蒙蒙雨。我翻看了一下，我一家 23 口人，除我而外，当时就剩下两个小丫头还活着，一个七岁，一个四岁，吓得发痴，不知哭也不知怕，面无人色，双眼红肿，走是走不动了。我先抱走一个放在高粱地，回来再抱走一个。就这样在夜色茫茫里，我又饥又渴，又痛又冷，领着两个孩子，从虎口里逃了出来。

我漫无目标地往南走去，在一个破庙里遇到了两个难友。他们也是刚刚逃出来的，一个姓赵，一个姓王。姓赵的断掉左臂，姓王的下颌整个被崩掉，用手托着，流血不止。我看他俩够呛，逃出来也活不成。

一个月后，我发现我一家人又逃出了两个：侄女杨小丫，侄儿杨春明。当时他们都被打得昏死过去，小丫打伤了腿，春明伤势极重，受伤20 多处。春明是在后半夜才醒过来，当时渴得没有办法，是双手捧着自己撒的尿往嘴里喝，才咬紧牙爬了出来，真是捡了一条命。另外，还有我的一位亲戚赵树林，一家只剩下他一人，当时才 11 岁。据他说，他被压在死人身子下面没有受伤，那天夜晚他没有走，在死人堆里守了一夜，他看许多人没有死，爹呀娘呀乱叫，渴得要死，他就一回又一回地替他们寻找水喝，其中包括我的二哥。天快亮的时候，我二哥告诉他：

"快跑吧，天亮后鬼子还要来，我是不能走了。"这样，他才走开。这个孩子以后就在我家养大。后来，我又听我四哥杨占青说：第二天日本兵又赶回来，雇了一帮朝鲜浪人用汽油烧尸。他亲眼看到里边有不少没有死的，只是断了腿或伤势较重，走不了的，朝鲜浪人用火钩式的大钩子，把他们同死人一样钩起来叠在一块，浇上汽油一起烧掉。

我一家 24 口，除我四哥例外，仅逃出五人，已算万幸了，有不少人家一个也没剩，例如姓徐的一家，36 口，统统被杀光了。这笔血海深仇，我永生难忘！

我参加卢沟桥战斗的回忆

黄胜时 口述　王仁贵 整理

我叫黄胜时，1919 年农历十二月十五日出生，祖籍山东省单县黄集，现退休住河南省许昌市魏都区东大街 64 号。

我少年时家境贫寒，父母双亡。1933 年秋因生活所迫，投军于冯玉祥部队，驻防在张家口万全县。1934 年迁北平南苑 12 营房。1937 年春又移防于卢沟桥，编在二十九军三十七师一一〇旅二一九团三营九连三排九班当战士。我们的着装是灰制服，左兜上方有一长方形布块，从印有黑、蓝、黄、红的边及中间的三角符号上，可看出每个士兵、军官的阶级。灰帽子，帽徽处上下缀着两个黑扣。黑布鞋和黑袜子，灰绑腿带在小腿外侧打成三个"人"字花。灰大衣也当棉被用。当时我们的营长是金振中，连长是张广庆，排长是张吉甫，班长是王继善。我参加了震惊中外的 1937 年 7 月 7 日卢沟桥事变的战斗，现在回忆起来仍历历在目。

卢沟桥位于北平西南，距广安门约 15 公里，此桥以东西方向横跨从西北向东南滚滚流过的永定河上。这座石桥之北有平汉铁路桥与之平行，之东紧邻宛平县城，在战略上是北平的门户。

1937年春，北平四周的四个重要地方已被日军占据了三处（通州、丰台、南口），只有卢沟桥尚在我军控制之下。日军早就垂涎这块能断北平与华北联系和平汉铁路的咽喉之地。当时我营布防在桥西骆驼场，坚守以大桥为中心的两侧阵地。我所在的三排50人负责守护卢沟桥西头南侧，驻在距桥200米依河堤修筑的战壕内，有交通沟与其他排、连相连。全排配有两挺轻机枪、一门能打100多米的小炮，每人配发捷克式步枪一支、子弹200发、一把大刀和四枚手榴弹，排长还有一支德国造能装20发子弹的手枪。日军驻在大桥东北二三里的大瓦窑，经常在这一带搞军事演习，骚扰百姓，毁我庄田。我军官兵对于日军的挑衅，怒火满胸，为保卫祖国的神圣领土，誓死与日军一拼。

1937年7月7日，日军在卢沟桥附近又搞实弹演习，至夜10时许还听见有枪声。日军为挑起侵略战争，借口失踪了一名士兵，要以武装护卫队为前导，到我阵地和宛平县城搜寻。遭到拒绝后，他们在和谈、调查的幌子下，调了几百名日军包围宛平县城，并趁黑夜向我桥头阵地进军。当时我们已接到命令，人不离阵地，携械而食，日军一旦开枪，坚决还击。

7月8日晨4点多，"和谈"毫无结果，几个日军借口找人要强行过河，被我三营十连沈玉光排长拦阻，双方相持不下。日兵首先开枪打死沈排长，尾随的约400名日军一齐扑向桥东北侧回龙庙等阵地。我军官兵怒火万丈，民族恨、血泪仇变成了阵阵枪声，长枪、短枪、机关枪等一齐射向日军，手榴弹在敌群中开花，七斤重的大刀片寒光翻闪。号称"只要军刀一出鞘，很难不见血而回"的日军，在我军锋利的大刀面前，左歪右躲，节节后退，丢失的阵地又回到了我军手中。

7月8日上午8~10点间，日军主力多次向我大桥阵地进攻，有时先用大炮排着轰击开路，我军也用重机枪、掷弹筒还击。炮声不响了，日军结队冲了过来，我军将士跃出战壕，冲锋迎战，发挥了大刀近战肉搏的优势，以快速迫敌来不及变招之法，用猛狠"三刀"破日军的"六刺"。日军手端枪的六刺是：上刺咽喉，中刺前胸，下刺小腹，再刺左右两肋，最后刺背命中穴。我军三刀的破法是：先架刀拨枪，顺势左砍，再翻刀右砍；即一刀先砍左臂，二刀朝下砍右小腿，三刀劈头命归阴。日军肉搏失利，败下阵去。约11点，日军突然向桥头打了几颗烟幕弹，一时烟雾弥漫，伸手不见五指。日军的敢死队趁势冲上桥来，后面跟着步兵，经过顽强的拼杀和肉搏，敢死队被我军歼灭了，后跟的步兵被打散了，卢沟桥仍在我军的控制之下。片刻工夫，双方停战，我军积极布防，修筑工事，抢运死伤战士，准备迎接新的战斗。

7月8日下午3点多钟，战事再起，已被打得落花流水的日军，妄借大炮的掩护，像疯狗一样冲向我阵地。我三营九连、十连、十一连全体官兵，左挡右打，前后呼应，以"宁做战死鬼，不做亡国奴"的拼死精神，团结应战，打退了敌人一次又一次的疯狂进攻，坚守着阵地。

7月8日下午6点多，日军改变战略，用大炮轰击宛平县城。夜间，双方战斗更为激烈，我也随军出击。据事后得知，驻西苑何基沣旅长率兵堵截八宝山、五里店一带日军后路；二二〇团团长戴守义在西洪门开战；程西军率二二一团在宛平东南打响；著名抗日英雄吉鸿昌的族侄、年仅29岁的吉星文团长率兵从长辛店打过来，实行夜袭。一时间，爆炸声、砍杀声震动四野，杀得敌人胆战心惊，卢沟桥畔，怒吼的石狮旁，遍躺着日军的尸体，永定河水也被鲜血染红。

7月9日晨，狡猾的日军因在战斗中未占到多少便宜，便又使出了和谈的伎俩。日军特务机关长松井通知中方代表说："失踪日兵业已寻到，此事可以和平解决。"待刚刚达成的停战协议传达到我阵地时，日军却悍然撕毁，纠集兵力，向我阵地进发。面对日军突如其来的攻击，我军做了新的布防。夜幕降临，战壕内人流穿梭，轻装的部队悄悄地过桥接近敌军阵地，我排也调到大桥正面，准备参与偷袭战斗。这天是农历六月初二，日军尚未摸清我军的行踪时，一场规模大的肉搏战开始了，战斗进行到夜 11 点左右，我军大获全胜而归。

在 7 月 10—15 日的几天里，双方处于相持阶段，偶有小股部队战斗。有时白天，日军的飞机在我军阵地上空盘旋，扔下几颗炸弹以侦探我兵力部署；还有时，开来坦克在桥东面示威射击。

7 月 15 日，我军换防，我排撤出了战场，当时只剩 37 人，排长张吉甫中弹身亡，班长王继善战死，全排牺牲了 13 人。

在卢沟桥八天八夜的战斗中，我用枪射中一名日军的左臂，从背后砍伤一名日军的左肋。7 月 8 日下午，一名日军欺我个子矮，刺住我右下颌，我趁势砍伤其左小腿迎面骨，又用大刀猛地刺进了他的胸膛，结果了他的性命，夺得大盖枪一支。7 月 9 日，我又带伤参加了肉搏战，至今，我右下颌尚留有五厘米长的伤疤。在那些日子里，无战事时，我们就躲在战壕中，白天热得要命，只有在夜里才敢出来凉凉风或到永定河边喝口水、洗个脸。特别是开战后的前两天，一场战斗退下来，我们满脸战尘，困倦地翻眨着眼皮，吃饭时才露出白牙，要不是听说话声音，朝夕相处的同班战士，也认不出是何人。

7 月 15 日撤出战场后，我被整编到七十七军二一八团一营二连三排任班长，移防天津，不久随部队南迁。

旧北平的日军牢房

———

谭伊孝

    1984 年我在进行文物普查时，曾发现雍和宫东边的炮局胡同内，北京市公共交通分局围墙中，有七座碉堡残迹；在张自忠路 3 号院内也发现了一座地下牢房……为弄清这些问题，我走访了一些知情人，据了解这都是北平沦陷期间留下来的。随着查阅的资料及回忆文章不断增多，一部北平沦陷时的血淋淋的历史浮现在眼前：1937 年 7 月，卢沟桥一声炮响，中国人民长达八年的艰苦的抗日战争开始了。7 月 29 日，日本侵略者气焰嚣张地踏进了北平城，手无寸铁的北平人民就此跌入苦难的深渊，开始了牛马不如的亡国奴生活。那时，北平街头随处可见碉堡、哨卡、宪兵队，无辜的中国人民被任意抓捕，关入监狱，遭受惨绝人寰的酷刑迫害。日本侵略者铁蹄下的北平城已变成了一个恐怖的世界，一座人间地狱！

    张自忠路 3 号   这里曾是日本侵略军在华的最高军事机关，做过日军多田部队军法部，也是日军入城司令部。当时这条街叫铁狮子胡同。

    这个地方清代原为和亲王府，清晚期为贵胄学堂，后又改为海军部和陆军部。北洋军阀统治时期，此地又做过段祺瑞临时执政府，其主楼为西式楼房，楼体布满精美的砖雕花饰，雄伟壮观，中式大门。1926 年震惊中外的"三一八"惨案就发生在这座大门前。

1937 年 8 月 8 日上午，日军约 3000 人从永定门进入北平并举行"入城式"后，其司令部就设在此院内。他们发布"文告"称，为了"襄助维持治安"，日军全权负责北平城的巡逻、戒严、城防、检查及逮捕等事务。此后北平各城门均由日军把守，中国老百姓进、出城都要给他们鞠躬，出示"良民证"，经搜身、盘查后才许通过，稍有违抗就得挨打、罚跪甚至遭逮捕。北京一中老校长李寿朋那时在燕京大学任助教，一次从学校进城回家要进西直门，忘了带"良民证"，守城门的日军劈头就打，同行的老师、同学说尽了好话都不行，结果把他抓起来，送到宪兵队打得皮开肉绽，最后燕京大学校长、美国人司徒雷登（当时日本还未向美国宣战）作保，才被释放。

日军侵占北平期间，设在这里的军法部负责"审判"从华北各地押解来的抗日人员和日军、汉奸中的违纪人员。1942 年 2 月，燕京大学11 位著名教授以"抗日嫌疑"的罪名被捕后，就在这里受审。受审时，五位"法官"个个穿着军服，佩带军刀，全副武装，一派肃杀之气。教授侯仁之当时确曾送过一些学生去抗日根据地，但在审问中，他发现敌人并未掌握确切材料，因此很机智地应付过去了。其他人也如此。但敌人还是不放过他们，审讯后仍把他们关进监狱，加以迫害。

军法部的监狱主要在炮局胡同，但张自忠路 3 号院内也设有地下牢房。现在尚存一处，在中部灰楼最北那栋东端一间房里，地下有一块长方形木板，长 1.5 米左右，宽 1 米左右，掀起木板，便露出一个台阶，顺台阶走下去，可看到西边有一座厚重的钢铁大门，门内就是地下牢房。它宽 4 米、长 6 米，只在北墙顶部开一个拱形小窗，上面装有手指粗的钢条。地牢里还有脚镣、手铐等种种刑具，日本侵略者在这里不知迫害过多少无辜的中国人。现在这里是中国人民大学清史研究所。

这座大院东部是兴亚院，是日军侵华时期日本内阁设立的专门负责处理中国事宜的机构，1938 年 12 月成立时由日本首相兼任总裁，外相任副总裁。他们在这里除对中国进行政治控制外，还大肆掠夺中国的矿产资源和工业产品，如控制中国货币，将长江南北产品运往日本或支援前线日军等，对中国进行残酷的经济掠夺。

这座大院一度曾是日军侵华的大本营。抗战胜利后，为纪念抗战将领、民族英雄张自忠将军，遂将铁狮子胡同改名为张自忠路。

炮局胡同 21 号　这里当时是日本陆军监狱。此地在清代为收存废炮及军器的场所，占地面积很大，整条胡同都是，当时就叫炮局。清代末年这里改作监狱，民国时亦如此，抗战期间成为日本陆军监狱。

这个监狱关押过许多有名的人物。当年著名抗日爱国将领吉鸿昌在天津被捕后，押到北平，就被关在此地，并在此处英勇就义。行刑那天，他很平静，上午写了几封遗书，总结了自己寻求救国道路的不平常的经历，表达了共产党员对革命事业必胜的信心。午饭后，他镇定自若走向刑场，写下一首气壮山河的绝命诗："恨不抗日死，留作今日羞。国破尚如此，我何惜此头！"他大义凛然地对行刑官说："我为抗日而死，光明正大，不能跪下来挨枪，我死了也不能倒下！"他对刽子手大声喝道："给我搬把椅子来！"他坐在椅子上，面对刽子手说："不许在我背后开枪，我要睁着眼睛看看你们怎样枪杀爱国者！"说完他高呼："抗日万岁！""中国共产党万岁！"慷慨就义，年仅 39 岁。

日军侵华期间，这里的西院是河北第一监狱外案犯人临时收容所，东院是军法处监狱。

军法处监狱，戒备森严，既不"放风"，也不"放茅"（上厕所），被关在这里的人，除被关牢房外，一般不知道其他地方的情况。牢房都是 10 厘米厚的木头门，中间部分为斜木棱，每棱之间留有 1 厘米左右的缝隙，这种门的特点是，从外面看牢房内清清楚楚，但从牢房往外看，却什么都看不见。在门的中下方有一个可以推拉的方口，专为送饭用。牢房内一角有一个 0.5 平方米的水泥台，台中间开一个坑口，作为厕所，臭气熏天，牢房里的人找些破布盖上仍无济于事。为了监视牢房里的动静，在房顶四角均安一盏电灯，昼夜不熄。牢房及围墙四周的碉堡，也都是日本侵略者改建的。

1942 年 2 月 10 日，侯仁之等燕京大学 11 位教授在铁狮子胡同军事法庭受审不久，又被转押在这里。他们被关在一间牢房里，每人按所给的号码排位子，晚上就睡在地下，条件十分恶劣，伙食也极糟，致使有些人得了伤寒和痢疾。这些知识分子虽然身陷囹圄，但仍保持着一腔正气，还在一起互相学习。平时他们并不是研究同一门学科的，很难有这么长时间相聚的机会，现在正可以"互通有无"，学习些自己不懂的东西，直到被释放。

西院的临时收容所，专押日军军事法庭已判刑的人。这是一座八卦形的老式监房，以一座方形大厅为中心，四面分别有以"忠、孝、仁、爱"四个字为编号的监筒。每个监筒又分为左右两排，每排五间牢房。这里的人不睡在地上，而是在牢房内砌一个大炕，犯人按号编排睡在炕上。小间牢房可关 10 人，大间牢房能关 20~30 人。大牢房一般都在监筒的尽头，约 30 平方米，犯人多时也拥挤得很，牢房的门和小窗都是铁的，甚为坚固。监狱里还备有熔铁炉，可以打造铁镣。一副脚镣一般重 5 斤，还有 7 斤的或更重的，连着镣圈的是 3 尺多长的铁链，凡是因为抗日而被关押在此的，一律剃光头，戴脚镣。戴脚镣本身就是一种极残酷的刑罚，不仅行动不便，几斤重的铁镣套在脚踝处，很快就会把皮肉磨烂，人们只得在脚腕处裹上破布、破棉花。天热时犯人穿单裤还可把裤腿塞到镣圈里，冬天棉裤就塞不进去了，只得做一个大棉套，不缝裤裆，在两边钉带子。这种棉套无法抵御北京的严寒，所以冬天是很难过的。敌人就是用这些残酷的刑法来折磨爱国志士，想以此来消磨他们的斗志。对于违反监规或有其他"不法"行为的，敌人就更加重折磨，如换重镣、铐双手或背铐来惩罚。背铐最厉害，把人的两只手背在背后铐上，一点儿也动不了，不一会儿就肩酸手麻，钻心地疼，甚至会失去知觉。但就在这种残酷的环境中，抗日爱国志士仍然坚持斗争，如秘密传递消息、绝食、设法越狱，等等。

五四大街 29 号　这里曾为日本宪兵队本部，此地原是北京大学第二院，俗称"红楼"，伟大的五四运动发源地。当年学界泰斗蔡元培当北大校长时，全国著名学者云集于此，如李大钊、鲁迅、陈独秀、钱玄同、李四光等都在这里任教，毛泽东也曾在此担任过图书管理员。但在北平沦陷期间，这里却成了杀人魔王的大本营——北平日本宪兵队本部及分队所在地，而地下室则成为宪兵队的拘留所，曾有无数爱国志士被关在这里，遭受非人的迫害。

拘留所的门设在一楼东端，有台阶通到地下室，中间为东西纵向通道，南北两边的屋子分别为刑讯室及牢房。在东侧的刑讯室内，有许多刑具，被抓来的人在这里遭受鞭打或灌凉水等酷刑，因为怕受刑人叫喊声传出，所以这里隔音设施很好，里面动刑，外面几乎听不到声音。西部为牢房，南北各十几间，因为全改成木栅门，因此也叫笼子。牢房一进门有不到 1 平方米的地面，迎门和左侧都是木栅，正面的牢门只有 1 米高，半米宽，牢门右下方留一个只能送进饭碗的小洞。牢房只有 4 平方米大小，笼子里要关好几个人，坐着都嫌挤，更不用说躺着了，而且还要放一个马桶。关在这里，真是牛马不如！

　　北大红楼后边的广场（也就是五四运动后称为民主广场的地方）也成了敌人滥施淫威的刑场。原中国大学学生孙景云在被关押期间，曾亲眼看到广场上砌有锅台，上面有烧得滚开的开水锅，被捕的中国人赤脚站在锅台上，被日军放出的恶犬扑咬，后退就会掉进开水锅里，不退就会被恶犬咬伤，甚至咬死，而敌人却在旁边取乐。孙看到日本侵略者用这种残忍的刑法折磨自己的同胞，义愤填膺，忍不住高喊"打倒日本帝国主义！""你们日本人太残酷了，这样虐待中国人！"敌人威胁他："你还想不想活了！"他说："我不想活了，你们爱他妈的怎么办就怎么办！"话刚说完，敌人就拿一个小瓶放在他鼻子下面，只几秒钟，他就失去了知觉。

　　在日本宪兵队本部，很多有名的人都被抓来在此关押过。当年侯仁之被捕之初，就是被关在这里。当他被推进木笼子里时，发现里面已有一个人躺在那里。他定睛一看，原来是燕大的学生孙以亮，也就是现在著名电影演员孙道临。孙以亮看到他，示意让他躺下，两人头挨着头，为防止笼外敌人看见，他们每人脸上蒙一块手绢，小声交换着消息。交谈中，侯仁之才知道孙以亮是因为在校内参加演出带有抗日色彩的话剧而被捕的，侯仁之又告诉孙，自己的罪名是"以心传心，抗日反日"。

　　被关在这里的还有中国大学政治系教授蓝公武，他也是当时著名的爱国学者。他因为常在课堂上宣传中国必胜、日本必败的道理而被关到这个地方七次。每次放回去，他还是照样宣传抗日道理。他的日语说得极好，在外边却从来不说，但一抓到宪兵队受审讯，他就用日语大声对日本侵略者说日本必败，还质问敌人："你们爱日本不爱？既然许你们爱日本，就许我们中国人爱中国！我就要讲下去！"敌人对他无可奈何，关了他七次以后，又把他软禁在北平西郊，许多年不让他讲课。蓝公武的骨气和爱国精神当年感染了许多青年学生。

中国大学里的民法课教授蔡亮澄先生也是非常有骨气的爱国知识分子。他上课时，经常讲"老街坊"（指日本帝国主义）侵略中国的历史。他告诉学生甲午战争、九一八事变、七七事变、八一三上海事件都是国耻，要大家千万不要忘记雪国耻、赴国难！因当时课堂里混入了特务，他很快就被抓进了宪兵队。十几天后他被放回，学生们问他为什么这些天没来上课，他淡然地说："老街坊请客，以后我上课只讲书，少说闲话。"可一上课，他又大讲学生要爱国，要有雪国耻的志气，一定要救中国，等等。他还说，我是中国人，不讲，我良心上过不去，"老街坊"请客（指被关押）就请客，没有什么了不起。教授们这种大义凛然的精神鼓舞了许多青年学子，在他们的影响下，许多人走上了革命的道路。

户部街　（今天安门广场东侧路）这里曾为伪北平市警察局拘留所。这里原是清代的吏部衙门，北洋政府时期的京师警察厅，国民党政府时期为北平市警察局（今已改建成历史博物馆）。日军侵华时期，警察局局长由大汉奸、伪北平市市长余晋和兼任。此人毕业于日本陆军士官学校，尽管他死心塌地为日本侵略者效力，但日本人还不放心，又派日本特务日野当该局顾问。表面看，这是中国的警察局，而真正掌握实权的却还是日本人，这做法很毒辣狡猾，容易麻痹中国人的民族意识，也是日本帝国主义实现"以华治华"，巩固其殖民统治的重要手段。

这里大部分是清代留下来的古老平房，东北角几个院子就是警察局内的拘留所，由一个正院和三个跨院组成。正院西房是办公用房，共三间，西头作为登记被押人员用。这间屋的南墙上有一块大木牌，上面钉着一排排小钉子，写着被押人员监号的小木牌一个个挂在上边，可一目了然。屋内有桌椅及值班所长的单人床。牢房是北房和东房。北房一溜六间，屋里有炕，牢门是用10厘米左右的方棱木做成的木栅门，东牢房三间，为"优待号"。西跨院是女监房，东跨院做厕所及临时仓库，为存放犯人的随身物品用。

伪警察局的权力很大，尤其是特务科和经济科的人，掌有生杀予夺的大权。这些为虎作伥的家伙经常在北平城内外敲诈勒索，百姓稍有反抗，他们就给扣上"抗日嫌疑""通匪嫌疑"等罪名，把人抓去一顿毒打，而后索要赎金再放人。

除以上地方外，还有东城区煤渣胡同西口路北的宪兵队、前炒面胡同 35 号院内的宪兵队及东四四条路北的宪兵学校等，均是作恶多端的魔窟。

我国著名早期新闻电影摄影师张玉亭一家，就曾深受日本宪兵队迫害之苦。当年张家在东四南大街临街处开了玉亭电影商行，对外营业，店铺后部为自家住宅。张玉亭是 20 世纪 20 年代北方唯一从事电影制片的中国人，不仅品行极高，民族自尊心极强，摄影技术也是首屈一指的。北平沦陷后，尽管张玉亭不再外出拍摄影片，但他还是被日本人盯上了。他们先是要张出来为日本人办的华北电影制作所当顾问，遭到拒绝后，对张进行多次骚扰。由于张玉亭发誓宁死不当走狗，不给他们办事，日本侵略者就此怀恨在心，终于在 1942 年 7 月的一天，十几个日本宪兵和伪警察突然闯到张家，把他保存的《张学良将军莅京》《喜峰口战役》等十几部纪录片、故事片的底片全部烧毁，抢走了《孙中山奉安大典》等一些影片，又砸毁了摄影机，并将张玉亭抓到煤渣胡同宪兵队进行非人毒打。张玉亭的头部被打伤，鲜血从十几厘米长的伤口处不断涌出，当即昏死过去，后经两家铺子作保才放了出来，但日本宪兵又毫无理由地不准他离开北平，不准他再拍摄电影，使他家生活陷入绝境。

北平人民在沦陷期间，虽然生活在黑暗阴森恐怖的环境中，但一直坚持着斗争，当时在城内外，日本侵略者及大汉奸遭刺杀的事时有发生。仅 1940 年一年中，就发生过伪商会会长的太太在家中被枪杀；伪汉奸报纸《新民报》编辑主任吴菊痴在大街上被开枪打死；还有新民会会长大汉奸王克敏同日本侵略者在煤渣胡同口日本宪兵队眼皮底下遭枪击，日本侵略者当场毙命，王克敏被打伤；东黄城根两个日本侵略者被打死；等等。每当发生这些事时，老百姓就特别受到鼓舞，都在悄悄地传："小鬼子要完蛋了！"生活在黑暗中的北平人相信终有一天会见到光明。

今天，历史翻开了新的一页，现在再回顾那一段沉痛的历史，并不是发思古之幽情，而是为了使人们了解它，记住它，永远别忘记这些地方，别忘记这些事情。

战乱年代的读书生活

———

宁　可

　　我什么时候开始读书识字，已经记不得了。父母都是知识分子，父亲编报，教中学也教大学。母亲女子师范毕业，当小学校长。他们鼓励我看书，但从不引导或限制我看书。我喜欢在黄昏时找一个角落在朦胧的天光下去看喜爱的书，他们累累劝说无效，只好听之任之。我因此也就患了近视眼。

　　1932 年，母亲去马来亚巴生任华侨小学——中华女校校长。我和弟弟无人照顾，也随班听课。那时大概也识得几个字了吧，下课后坐在对街小店檐下与玩伴一起翻看一本描绘"一·二八"淞沪抗战的连环画册。双方空战，飞机下都挂着绳梯，士兵攀在梯上向对方开枪，口吐人言，互相嘲骂。

　　1934 年，父亲到越南当《安南民报》经理。母亲辞去教职携我和弟弟与父亲会合，住在西贡对河的华人城市堤岸。家里地板上堆着成摞的《安南民报》，只记得报头题字是孙中山。楼上有几份新出的《良友画报》，印象深刻的是一幅十六开彩色大漫画，画一条大鱼拿手枪威吓一条小鱼——"要钱要命"？我和弟弟嘴里不断叨念"要钱要命"，成了口头禅。20 世纪 50 年代中期，筹建学校图书馆，旧书店伙计送来老旧的《良友画报》，那幅漫画赫然在焉，真有"他乡遇故知"之感。

1935 年初，父母先后回国。夏天我考入了号称难考的南京鼓楼小学，跳了一级，从一年级下学期跳到二年级下学期，倒也没有什么不适应。

父母租了南京中山北路西侧马家街 4 号的一幢洋式小楼东侧的两间小房，一卧室，一客厅，大房七八平方米，小房五六平方米，还有一个小阳台，也就是三四平方米吧。在幼童眼中，那是很宽敞的了。我们就是在那两间小房里恣意活动，构建自己的小天地。

父母屋里有一架书，我随时拿下来看。好在那时识字不多，头脑是一片白地，看了什么就是什么，看一点就跳过去，多半不懂。这样我看书从儿童读物一下蹿高跳到成人书籍，养成了随手乱看和囫囵吞枣不求甚解的毛病。

记得第一本看过的书，是国民党的历史。开始时讲孙中山的家世和他前后发动十次起义的经过，屡仆屡起，百折不挠。终因时机不成熟或弹饷不济而失败。最惨烈的一次是 1911 年 3 月 29 日的黄花岗起义，牺牲了 72 位烈士。起义的指挥黄兴拇指也被打断了。最后到了武昌湖北新军辛亥革命，各省响应，建立民国。但革命尚未成功，随之而来的又是袁世凯独裁称帝，二次革命，肇和号军舰起义，湖口之战，护国之役，其后是张勋复辟，军阀混战，孙中山多次北伐不成，改组国民党，建立黄埔军校，逝世，再次北伐，清党，宁汉分裂，龙潭之役，宁汉合流，第二期北伐，济南惨案，东北易帜……一本篇幅不大的小册子，讲得清清楚楚。又看了孙中山的建国方略，用大蓝圈图示北方大港、东方大港和南方大港，以及林林总总的二等港、三等港、渔港，大大小小的蓝色圈点布满了中国海岸。还有铁路建设计划，以各种线条显示，有直线、虚线、十字线、点线等，其中有南北直通外蒙古库伦和西南横贯中国西藏印度的两条铁路线，当时心想，这么大的计划，能做得到吗，修得起来吗。

再有一本是三民主义，大概是孙中山在广西一次连续讲演的记录，只是记住了民族主义、民权主义、民生主义三个词。记得孙中山演讲自称"兄弟"，又说中国不像欧美，没有贫富问题，而只有"大贫""小贫"，又批评中国人不讲卫生，不守秩序，一盘散沙。其他印象多数模糊了。

这就是我在幼年时候所受到的政治教育了，这里面包括了国民党的党化教育。

那时，国民党报纸正在宣传德意法西斯，我翻看了一本《墨索里尼自传》，讲他怎么建立法西斯党，在米兰办报纸，同左派工人政党冲突，甚至办公桌上放了一支手枪。最后他率众乘上火车从米兰进军罗马，取得政权，成了独裁者。我大为所动，宣称自己要做"中国的墨索里尼"，受到父母善意的讪笑。

大概到了 1936 年，在书架顶上发现了一本《各国海军报告书》，为杨杰将军出国考察海军后，回来编的，道林纸精装一厚册，有许多照片，我兴致勃勃地翻看。看得兴奋了，不但来回翻看那本《各国海军报告书》，还起臆想自己造舰，进行海战。于是折纸作为小船，插上烟囱，编成一支舰队，写上马利兰、纳尔逊等舰名，和弟弟互相冲击，倒者算被击沉，名为"斗舰"。

科技书籍也在翻看之列，记得有两本商务印书馆精装的《科学大纲》。一开头就讲星云、恒星、太阳、行星，然后是生物的进化。另一本是商务印书馆的百科小丛书，薄薄的一小本，也是讲生物进化的。我只注意到图上讲人和猿骨骼的差别，大概除了图片，并没有看正文。但因此大得母亲的赞赏，说我已经会看《科学大纲》了，赞我"早慧"。父亲泼冷水说："小时了了，大未必佳。"惹得母亲生气，此后时常把这话作为话柄。

这就轮到文艺书籍了。在书架底层找到一本《花木兰》，书名版式倒是记住了，内容好像没看过。另外有一本《三门街》，讲的好像是憨厚的李广和机巧的女扮男装的楚云，二人都立了功，后楚云被怀疑，受骗喝醉酒而露了馅，终于和李广成亲的故事。这类言情小说看了几页就索然无味，放下了。心里纳闷，除了那个汉朝的飞将军李广以外，哪儿又来一个李广呢。

最后发现了一本《水浒》，那是亚东图书馆出的铅印平装《水浒》第二册。一上来就讲何观察进剿梁山泊被俘，割耳放回。又讲宋江到了清风寨，小李广花荣显示箭法。正月元宵放灯宋江被捉，众好汉救了他，收服了秦明和黄信。我那时上二年级，识字不多，读了书常在同学前炫耀，水浒念成"水许"，霹雳火秦明念成"暴雷火泰明"，受到同学的纠正。真是"生有涯而知无涯"。好在后来年龄渐长，班次升高，识字多了，也学会了查字典，却只会偏旁笔画，流行的王云五四角号码检字法不会。国民政府推行的注音符号和国语罗马字拼音老师没有教过。秀才认字认半边，我常念偏旁音替代全字成了毛病。但知识水平和接受能力显然提高了。四本《水浒》也是逐一颠倒着补看完了，又看了《说岳全传》。说岳飞是金翅大鹏鸟转世，后来被秦桧以莫须有的罪名杀害，他的五个儿子，雷霆震等重振家声，老将牛皋兴奋，大笑死了。我想，牛皋好喝酒，他笑死了大概是脑出血吧。那时候很欣赏牛皋的饮酒赏月诗，一首他描写月亮像一个大鳖，另一首末句是"把酒连杯带月吞"。我也胡编了一首诗，被父亲改为"碧眼小儿凶，威名镇江东，只畏诸葛亮，不怕曹孟公"。《三国演义》大概看过了，不然怎能编出什么碧眼小儿来呢。但到底看了没有已经记不得了。《封神演义》也许零碎看过，记得黄飞虎坐骑是一头牛，还有一个谁骑一匹呼雷豹，尾巴突然伸出来，是要砸死人的，这也许不是来自原著，而只是看了香烟画片吧。

现在轮到新文学了。最先看到的是一本手抄本独幕话剧《终身大事》，胡适作。大意是，一男一女相爱，反对包办婚姻，终于胜利出走的故事。还有胡适作的"努力，努力往上爬"的白话诗之类。这之后是外国文学，那时外侮日亟，大力宣传的这类作品中有《最后一课》，是法国作家都德所作，宣扬战败屈辱的悲愤，很令人感动。

看到一本小书，讲一个人不堪妻子的欺侮，决心自杀，跑到一个枪店买枪。老板大肆兜揽生意，滔滔不绝地介绍各种型号的手枪，何者宜于在何种心情下自杀，何者宜于决斗，何者宜于自卫，何者宜于抢劫，何者宜于暗杀，他只是心不在焉地漫应着，一边听介绍一边在幻想，他要死了妻儿会有何种表现。例如他躺进棺材里，妻子号啕痛哭，后悔不该对他太苛刻。不禁一阵快意，自我感觉良好，幸灾乐祸，觉得终于惩罚了妻子。最后老板不大耐烦了，问他这也不要那也不要，到底要什么。他指指墙上说，就买那副鱼钩吧，我要钓鱼去了。还有一本小册子是一幕独角戏，一个妻子台上一个人数落在厨房里刮脸的丈夫，语言十分不堪。最后一声惊叫，她发现丈夫终于受不了，用剃刀自杀了。

这时，我的读书生活里掺入了杂音。母亲在某个图书审查委员会做临时工作，时不时拿着送审的书回来，那是一些无关紧要的杂书。广益书局和大达图书公司出版的牛皮纸封面劣质新闻纸印的一折八扣书。其中有些是宣扬因果报应和迷信的神鬼故事，忤逆儿子不孝瞎眼母亲，拿大粪包包子给她吃，终于被雷打死，死后变猪转世还要再被雷打死，身上有字，说明他前生是对母不孝者。还有讲狐仙，其中有一本袁枚的《子不语》，那也是怪力乱神之类的吧，我看了一点，就没多大兴趣了。

我还对报纸上的漫画感兴趣。其中印象最深的题为"做一天和尚撞一天钟，吃一天官饭睡一夜觉"。画上一边是表情木然的和尚撞钟，另一边是一排睡觉的士兵，枪在墙上挂着。另外还有叶浅予的漫画《王先生》。其中有一套是王先生携着一鸡一狗，准备出去旅行，自称可以伙食自给，说我屙屎给狗吃，狗屙屎给鸡吃，鸡生蛋给我吃。这就形成一个平衡的生态循环了。不想一出门，鸡飞狗跳，不可开交，王先生大见狼狈。还有一幅是王先生开救护车抢救病人，为了赶路一路碾轧过去，到了医院回头一看，一地的尸首断肢，王先生挠头傻眼了。再有就是美国连环画，兔子一家平静生活，不过犀牛和怪鸟老来捣乱，老兔子智计百出，总是化险为夷，犀牛和怪鸟大概属于街头不良少年吧。美国广播剧《芝麻街》，可能就是这个样子。

还有一次，在一位同学家里匆忙看了一本黑色硬面精装的书，有很多短故事。记得的一个是一个人关在牢狱里，想逃装死，牢卒把他装在麻袋里，脚下绑着炮弹，扔到海里，但最终获救。另一个是一个人随军舰追一条海怪，但被海怪撞沉，原来那是一艘潜艇。过后不久，才知道这书是商务印书馆的《少年百科全书》，是小说缩写，大仲马的《基督山伯爵》和儒勒·凡尔纳的《海底两万里》。另有两幅插图，一是一群人攻打一座堡垒，一是披甲女子挥剑砍杀敌人。现在想来可能画的是法国大革命群众进攻巴士底狱和圣女贞德吧。

到了小学四年级，想到订少儿杂志，当时有名的是商务印书馆的《儿童世界》和中华书局的《小朋友》，我选择了《儿童世界》。不久，杂志寄来，名扬世界的德国飞船兴登堡号在首次横渡大西洋之行时着陆起火，连续照片赫然在目，一共六张，那是很具震撼力的。杂志收到两期，抗战爆发了，我的童年读书生活也结束了。

除了读书，每天回家就是看报。1936 年到 1937 年那两年，日本侵略日亟，中日关系非常紧张，抗日气氛高涨，我也受到感染。报上反复提到"九一八"日军攻占沈阳北大营，中国军队死伤惨重，在上峰"不抵抗"的命令下，一路退到关内，看了真是"气不打一处来"。报纸还谴责五卅被日本人枪杀的工人顾正红，歌颂十九路军英勇抗日和抗日将领马占山。"一·二八"淞沪抗战中汽车司机胡阿毛，被迫给日军运军火，结果连人带车一起冲入黄浦江壮烈牺牲。后来才知道胡阿毛实无其人，是媒体的编造。还有美国飞行员肖特奋勇迎击来犯日机，在苏州上空被击落的英勇事迹。

报纸还反复宣传抵制日货，谴责日货倾销、走私，中国对日贸易入超，岌岌不可终日。还要避忌日本字样不提日货，称为仇货或×货×国。又要提倡国货，计有抵制日产味之素的天厨味精，卖床单毛巾的三友实业社，等等。连小学生用的马利水彩也在其列。报上又大肆宣传航空救国，为蒋介石祝寿发起献机，还发行航空奖券，每张一元，三个月开奖一次，头奖 25 万。

1935—1937 年抗战爆发，就读书而论，我属于从混沌未凿到民智初开的阶段。政治教育、党化教育、法西斯教育、文艺陶冶、科技教育我都接受了。其中爱国教育印痕尤深，几乎已成为我的本能和灵魂。但科技文艺知识教育零碎而缺乏系统，而且知识垃圾也不在少。大概处于我的环境和家长的怂恿，我只是随心所欲地自由自在地发展着。

流浪、流浪，何处是归乡

—— 抗战初期逃难散记

————

朱　真

1937 年 7 月 7 日，抗日战争全面爆发。8 月 13 日，日军在上海向我进犯，淞沪会战打响。我军英勇抗战，与日军激战三月有余，终因军力悬殊等原因，上海失守。日军乘机向西进攻，直逼国民政府首都南京。

我家当时在常州，位于南京、上海之间。尽管当年我才 9 岁，时间又已过去了 70 多年，但当年日寇疯狂入侵及家中逃难的场景仍在我脑海中留下了许多无法忘却的记忆。现就若干较为值得记述的事例，散记于下。

泪别常州　受困镇江

上海即将沦陷时，某天报纸上突发头条醒目新闻："我军挥泪退出大场。"大场是上海郊区的一个地名，也是我军最后的守地。这说明上海已经基本失守，敌军即将沿京沪线大举西进，苏州、无锡、常州、镇

"八一三"事变后上海市民逃难场景

江直至南京肯定不保。实际上，此时南京政府已经撤至武汉，形势极为危急。

我父亲当时任常州红十字医院医师，医院要撤离，让我父亲自己撤退到武汉。当时我们兄弟六人，大哥14岁，上初中；我9岁，小学四年级；几个弟弟都年幼，最小的老六才1岁多。时间紧迫，匆匆几天就要离别居住多年的老家，只有我祖母、叔父一家还留在常州。我们雇了一条木船，计划先沿运河逃至镇江。临别时，兄弟两家挥泪相别，真不知何时才能重逢。

由于逃难人多，运河中船挤船，行进十分缓慢，于是后来我们不得不下船雇车行至镇江。一到镇江就遭遇敌机轰炸，炸弹就在离我们不过几十米处爆炸，声震如雷，瓦砾乱飞，吓得大家都趴在地上不敢动弹。

当时由镇江逃到武汉，只能靠坐船走长江。经父亲联系，我们登上了停在长江中的一艘英国太古公司的轮船。谁知道上去后，该船又决定

中国守军迎击日机进犯

不去武汉要退回上海，说不久有另一艘船过来，可以让我们换乘。船来后，大家都往那条船上转移。我们家孩子多，行动不便，父亲就让我们先等他上船把我们的位置安排好了再来接我们。天知道过了一会儿，不见父亲回来，却听见那条船鸣笛。正当我们手足无措之时，那条船已经启动了。父亲在那条船上呼唤我们，我们在这条船上哭喊父亲，却只能眼睁睁地看着两条船越离越远直至消失在视线内。父亲是家里唯一的主心骨，他走了，我们怎么办？大家的心简直陷入了绝境！逃难还没有逃出去，就已经无路可走，只能听天由命了。

天无绝人之路。当天深夜，父亲突然回来了，我们真是喜出望外。原来父亲乘那条船到南京后赶快下船，又连夜赶火车到镇江。他在镇江江边远望江中，看见我们的船还没开走，就花重金雇一条小船划到我们船这里来。全家再次相聚，总算躲过了一场骨肉分离的劫难。

这条船于次日往上海方向开动，傍晚时到泰州附近与开往武汉的最

中国空军英雄陈怀民。在 1938 年 4 月 29 日武汉大空战中，他击落 1 架敌机后被 5 架敌机包围，危急关头他放弃跳伞求生，撞向日机与之同归于尽，血溅长空，年仅 22 岁

后一条英国船相遇，对方同意将我们这条船上要去武汉的人接上去。在黑夜里，先由当地的小木船把我们接下来，再划到那条大船边，从绳梯爬到那条大船上。时间紧迫，绳梯又陡又晃很难爬，不过总算全家都上去了。等到安顿下来清理随身物品时，却发现一个装钱的小箱子不见了，这可是最要紧的一件东西。这个"宝箱"本来是由大哥保管的，一直提在手上寸步不离，但在撤离小船爬上大船时，由于双手都要抓住绳梯才能往上爬，结果把"宝箱"遗落在小船上。等我们一上大船，小船早就开走了，真是天外横祸！钱没有了，英国船员要赶我们走，父亲再三哀求也无济于事。在绝望中，只得弃船上岸，踏上了长江北岸。夜茫茫，一片荒凉，人绝迹，路在何方？事后我们听说，这条船在行驶到芜湖时，遭遇日机轰炸沉没，乘客几乎全部遇难。惊闻噩耗，我们既对日寇的残暴行径万分愤慨，又为自己一家感到庆幸，这也算是因祸（丢

钱）得福（免葬身鱼腹）吧。

长途跋涉　浦口脱险

无船可坐，父亲身上又只带了很少的钱，无力雇车。要逃到武汉，只能沿江北的公路先步行到浦口，再坐火车转道去汉口。从泰州附近到浦口有几百里路，带着这么多幼儿长途行进，谈何容易。一天最多走四五十里，早已筋疲力尽。妈妈抱着尚在怀中的老六，一天下来，脚都走肿了，连上床都快抬不起来。其他几个弟弟也不过几岁，因此只得临时找独轮车推着走或找人挑着走。大哥、爸爸当然步行带路。我9岁了，所以也基本上步行，实在走不动时才坐坐独轮车。一路上，难民、伤兵不断，都往浦口逃。

经过几天十分艰难的"行军"，我们终于抵达浦口。这时，长江对岸的南京已经遭到日军的炮击。记忆最深的是，长江上由南京逃往浦口的人络绎不绝，有的划小木船，有的划木桶，有的划门板……江中浪很大，许多人翻入江中，有的侥幸游上岸，有的则不幸溺水而亡。最令人愤恨的是，日本飞机不断用机枪枪杀江中的逃难同胞，不少人中弹身亡，江中死尸横流，血染江水。敌机对浦口岸上的同胞也进行轰炸扫射，被害同胞的尸体到处可见，受伤者遍地哀号，真是惨绝人寰！我亲眼见到那些可恨的日机驾驶员，飞得只有两三层楼那么高，一边狞笑着，一边向我们的同胞扫射。这仇恨诉不完、说不尽、忘不掉！

我们在浦口受难时，对岸南京已经炮声隆隆，敌军大举进攻，南京即将沦陷。此时，浦口也危在旦夕，难民都急于逃离，唯一的出路是先乘火车去徐州，以脱离险境再图他策。父亲去火车站打听后才知道，正常的火车早已停运，去徐州是否有车只能听车站临时通知。命运未卜，我们都心急如焚。又过了几个小时，父亲突然跑来高兴地叫我们快走，

1938 年武汉大空战时，武汉市民为中国军人加油助阵，为中国军队的胜利而欢欣鼓舞

说最后一趟去徐州的车即将开行。我们急忙赶去，只见一列火车停靠在站上，人们蜂拥而至，车门口根本挤不进去。父亲跑到一扇车窗口推开车窗，钻了进去，我们也跟着钻进去，总算占了几个座位。一会儿，车内已挤满了人，连车顶上也全是人。火车开动了，我们终于逃过一劫，远离南京。火车时开时停，不知过了多久才到了徐州。

千里逃亡　定居渝州

在徐州，我们因缺钱只能以难民身份住进难民收容所。在此短暂停留后，又乘难民车先到郑州，再转去武汉。

难民收容所的生活，给我留下深刻印象的有两点：一是住地拥堵。由于难民太多，收容所大都占用学校的教室，住地人挨人、人挤人，住在中间要出去一趟，不得不从别人的身上跨过去。因为"同是天涯沦落人"，大家相互理解，总算相安无事。二是身上长满虱子。长期不洗澡，

抗战期间，民生公司民康轮运输支前物资后空船返回重庆

不换衣服，挤在一起住，自然衣服上逐渐长满虱子。开始还觉得虱咬痒痛难忍，慢慢习惯后就"虱子多了不怕咬"。一到晴天，坐着无事，大家就脱下衣服捉虱子。这在现在看来，简直太不文明，甚至令人恶心，但在当时却是安之若素。

到武汉后，开始仍住进难民收容所。后来父亲找到一些过去的熟人和关系，生活有所好转，于是租了民房，等待机会再逃难去重庆（渝州）。

在武汉留下最深刻的印象是武汉大空战。抗战初期，国民党空军曾与日机做过一些较量，但很快就几乎损失殆尽。此后日机在中国领土上空曾一度横行无忌，制空权完全被日寇占领。武汉抗战时，苏联为支援抗战，派来了志愿空军与日机展开了激烈空战，打得日机多次惨败。当时，我目睹了在武汉上空发生的多次空战。日机飞来轰炸，我机就在上空拦截，发现敌机后即迎头射击，日机则仓促还击。只见双方战机你追我赶，上盘下旋，机枪火花划破蓝空，迸溅四射。不时有敌机被击中，有的拖着浓烟逃窜，有的在空中爆炸，一团火海坠落入地或掉入江中。

抗战时期，重庆沿线木船业重又兴旺，缓解了战时交通运输之困难

空战时，武汉军民都纷纷在街头、楼顶观战，每当敌机被击中、坠毁，都欢呼鼓掌，兴奋无比。这种场面在 14 年抗战中我唯一亲身经历过的，就是在武汉，真是令人终生难忘。许多苏联志愿飞行员都在空战中壮烈牺牲。由于我方的有力抗击，日机后来就不敢轻易再来武汉侵袭了，武汉人民也因此免于再遭空难之灾。这与此后日机在重庆如入无人之境疯狂轰炸、中国百姓生灵涂炭形成了鲜明对比。

在武汉，大哥报名参加了国民政府成立的专门接纳流亡学生的国立二中（校址在四川合川）。他乘学生专用船离汉时，父亲和我来到江边，依依不舍地为他送行。当然，对我们来说，武汉也并非久留之地。不久，国民政府迁至陪都重庆，难民也被安排陆续转移。我们先坐船到宜昌，短期停留后，又坐船过三峡到万县，最后接着坐船到目的地重庆。总算结束逃难，开始了新的生活。

在最后这一段路程里，给我们留下印象最深的当然是过三峡，两岸从未见过的奇丽风光令人大开眼界，叹为观止。特别令人难忘的画面有两处。一是三峡之险。与今日之三峡相比，当时的三峡尚未经过人工改造，其险更加"原汁原味"，当然最险的莫过于水。三峡水流湍急，险滩丛生，上游之水一泻千里，波涛汹涌，特别是有险滩之处，水下礁石无数，水浪奔腾咆哮。在最惊险的一处滩石间，轮船靠自身马力已无法前进，船在震耳的波涛声中左右倾斜，令人站立不稳，乘客无不胆战心惊。如何过滩？靠两岸的钢铁绞索。在江两岸，有固定的绞索机，轮船由绞索牵引一点点往前拉。经过约半小时，终于过了险滩，撤去绞索，船再自己上行。这一场景，震撼人心。古人云："蜀道难，难于上青天。"其实，蜀道之难不只山路，水路同样难。二是三峡中的纤夫。上水的木船全靠纤夫用绳索一步步拉着走。抗战期间，民生公司民康轮运输支前物资后空船返回重庆抗战时期，重庆沿线木船业重又兴旺，缓解了战时交通运输之困难，他们沿着江边峡谷的羊肠小道（有的地方甚至连路也没有），背上套着很粗的绳索，一二十人几乎赤身裸体，双手撑在地上，吃力地一步步往前拉船行进。一边拉一边喊着川江号子，那悲怆的号子声在山谷中回荡，真令人心碎。一直等拉到江面较为平静的岸边，他们才能稍稍喘息片刻。这正像我们多难的民族，尽管在痛苦中挣扎，然而绝不屈服。

当时，第一次面对如此雄壮秀美的三峡风光，我几乎整天站在船舷边观赏，陶醉其中。我不时看到猿猴在山中树上跳跃戏耍，真有"两岸猿声啼不住"之感。更惊奇的是，有一次竟然还看见一只老虎在山坡上坐观我们的轮船。这里江面狭窄，老虎看得清清楚楚，它纹丝不动，毫不惊慌，大概是对轮船早已习以为常了。

出了三峡，江面宽阔了许多，水也不那么急了；船开得快了，也没有多少观赏性了。船到万县，在难民收容所住了一段时间，又乘船到重庆，结束了逃难之"旅"。

在重庆，我们遇到了著名的"四川耗子"。早就听说四川老鼠又多又大，到重庆亲身经历后，才知道果然名不虚传。马路上，有耗子大如小猫，在大街上大摇大摆地跑来跑去，丝毫没有"老鼠过街人人喊打"之虞。在家里，耗子更是成群结队，肆无忌惮。在房梁上，老鼠"目中无人"，自由穿行；房间的地上，它们也常来光顾。有时我只得坐在床上等耗子过来，然后用鞋子击之驱之。然而防不胜防，后来终于还是发生了耗子咬人事件。当时，我家只有一张床，兄弟们晚上大多睡在地上。一天半夜，年仅三岁的弟弟老五突然在地上惊哭。父亲起来一看，大惊失色，原来一只大老鼠正在咬老五的脚趾。父亲立刻将老鼠赶跑，然而老五的一个脚趾已被咬破，鲜血直流，痛哭不已。父亲连忙为他消毒止血包扎，可是老五的脚上还是留下了疤痕，四川耗子的厉害可想而知。后来，我们家一直养着一条大花猫，专司除鼠之职。

70 多年前的逃难经历，许多细节已记不清，仅就记得的一些真人真事信手写来，唯愿后辈勿忘国耻，圆梦中华。

白求恩大夫使我重见光明

胡天明 口述　刘绍友 整理

    11 月 12 日，对于我，是个终生难忘的日子。43 年前的这一天，伟大的国际主义战士白求恩大夫，因医治伤员中毒，逝世于河北完县。就在白求恩大夫与世长辞的前五天，我这个快要双目失明、终身致残的人，却幸运地得到了他的精心治疗，使我很快康复，重返前线，坚持对敌斗争。每当我回忆起他那高超精湛的医术，极端负责的精神，就使我更加深对白求恩大夫的敬慕、感激和怀念——

    1939 年秋冬相交之际。盘踞在张家口的"蒙疆驻屯军"最高司令官阿部规秀，纠集大批日伪军，向我晋察冀抗日根据地进行疯狂"扫荡"。当时，我在晋察冀第二军分区特务营任一连连长。为粉碎敌人的"扫荡"，我军与敌周旋于五台、阜平、平山等几县之间，相机集中兵力打击敌人。10 月下旬的一天，我二军分区司令部于五台县牛道岭一带被敌重兵包围。我连奉命掩护领导机关转移，在同敌人的肉搏战中，我被一名鬼子指挥官用战刀砍伤了头部。由于我戴的是新领来的布棉帽子，敌人的战刀透过厚厚的棉帽，只在我的前额上砍伤了一道二寸多长的刀口，我当即昏倒在地……

当我苏醒过来时，已被转移到阜平县焦炭庄沟里的一个小山村。这里地处太行山深处，山势险峻、道路崎岖，军分区后方卫生所就设在这里。当时说是后方卫生所，其实，只不过是分散居住在山沟的一些窑洞里。生活环境艰苦，医疗条件极差。窑洞里铺上些树叶谷草之类的东西当"病床"，医疗器械不全，药品更为奇缺，就连最普通的消炎酒精都没有，只好用食盐水代替。幸得在不久前的一次战斗中，我从一个被击毙的鬼子军医的药包中，缴获到一瓶西德进口药雷夫奴尔，仍带在身上，因此，我头部的刀伤，在看护员小王的精心护理下敷用了这种药，刚过了一周，伤口很快就要愈合了。可是，不知什么原因，我的脑袋却整天昏昏沉沉，神志不清，特别是眼睛更为严重，眼皮挑动不便，有时只好用手将眼皮撑开。白天看人只能模模糊糊地看个轮廓，晚上看小油灯光就像一团碗口大的昏黄色火球。我心里非常忧悒烦躁。

一天，小王给我换药，我掩藏不住内心的焦虑，一见她就问："小王，估计我什么时候能回前方？"

小王一边给我换药，一边说："胡连长，根据你的伤口愈合状况，不用多久就可以归队了。"

"可是，我的头脑昏沉，眼睛看不清东西，这究竟是怎么回事呢？"我知道小王刚参加工作不久，她很难回答我提出的问题，但我归队心切，差不多她每次给我换药时，我都这样问她。

每当此时，小王总是先歉意地一笑，然后支支吾吾地说："这……这我也说不清楚，你再问问张所长吧！"又过了几天，伤口愈合了，然而眼睛却越来越昏暗不清了，瞅什么东西全是黄澄澄的一片。这当儿，我心急如焚。怪不得人们说：什么苦恼事也大不过半路失明。我刚 20 岁，居然尝到了半路失明的滋味儿：吃饭要别人递碗筷，走路要别人搀扶……

11 月 7 日黄昏，我去解手，为了不给同志们添麻烦，自己悄悄地走出窑洞，当我刚摸进厕所时，不慎一脚踏进了茅坑，额角撞在了墙上，险些晕了过去。幸好张所长赶到，将我扶回窑洞。

进了窑洞，我坐在了"床"上，抑制不住心里的焦躁，恨不得把眼球抠出来看看，病究竟在什么地方。我气得拍手顿脚地喊哭起来："我的眼睛啊，你究竟是什么病，为啥什么也看不见了……"

我的遭遇唤起了战友们的同情，大家纷纷安慰我。张所长帮我换了鞋袜，让我躺下。这时，看护员小王急匆匆地走了进来，把一封插有鸡毛的信传递给了他。张所长看后喜形于色。他兴高采烈地向大家说："告诉同志们一个胜利消息，今天清晨，我军于易县黄土岭战斗中击毙了日本侵略军的所谓'名将之花'阿部规秀。"张所长的话刚一落音，顷刻间，窑洞里就沸腾了起来。几个轻伤员缠着所长要求提前归队……这激动人心的胜利喜讯，无异于九级风暴，搅得我的心像翻江倒海一般。我抓住了张所长的双手，恳求着说："张所长，你就不能再想想办法，把我的眼睛治好吗？我还要上战场杀敌人啊……"

张所长是晋察冀军区卫校第一期的毕业生，见过白求恩大夫，算是所里的第一流医生了，不过，也只能做一些外科手术，加之缺少医药，对我的眼睛是束手无策，爱莫能助。这时，他劝慰我说："胡连长，组织上为了你的病况，已向军区医院打了报告，我相信上级领导一定会帮助你治好的。"根据当时战争环境，我对张所长说的帮助我治好眼睛的话缺少信心。

张所长走后，我躺在谷草铺上，如卧针毡，思绪纷乱。现在战友们正在战场杀敌，而自己却躺在"床"上要人伺候，心里真像是倒了五味瓶子一般，苦辣酸咸甜什么滋味儿都有。

第二天一早，小王喜冲冲地对我说："胡连长，告诉你一个好消息，张所长接到通知，白求恩大夫带着军区医疗队，从涞源、易县一带转过来，大概今天就能到咱们所里。你的眼睛有治了。"

我一听真是心花怒放，眼睛也像亮堂了。可是转念一想，白求恩大夫能给我治好眼睛吗？因当时只听说有个白求恩大夫，是个外国人，又没亲身受过他的治疗，谁能相信呢？

小王像是猜透了我的心思，就说："人家白求恩大夫是加拿大有名的外科专家、共产党员，不远万里来帮助咱们抗日，听说不管什么复杂的手术，他是手到病除……"

中午，刚吃过饭，就听有几个人朝我的铺位走来。原来是张所长领着白求恩大夫果真给我治眼病来了。

张所长指着我介绍给白求恩大夫说："白大夫，这就是我们的胡连长，现在他的刀伤已经愈合，眼睛却看不清东西了，请您给他进行诊治。"

我一听说白求恩大夫就站在我的面前，心情十分激动。想站起来，可是，一只有力的大手按住了我的肩膀，用生硬的中国话说："坐，不要动！"

白求恩大夫开始给我看病。他先询问了我负伤后眼睛的一些变化，然后，他一边对我的眼球进行详细的检查，一边对张所长说："胡连长属于严重的开放性颅脑外伤，波及眼部，造成瞳孔扩大，直接对光反应发生了异常变化，但只要能得到及时的抢救医治，眼病是能够好的。"

白求恩大夫又亲手拆开了我头上的绷带，用手一边轻轻地摸着我已经愈合的刀口，一边问我有无感觉。当他的手指触及我的伤口四周时，我都感觉到有阵阵隐痛，唯独伤口中间有手指肚大的地方失去知觉。

这时，白求恩大夫以他那丰富的临床经验果断地对张所长说："胡连长的病就在这里，可能是传入神经和视神经受到损伤，需要重新切开伤口进行检查。"

手术就在我养伤的窑洞里进行了。张所长怕我思想上有顾虑，先安慰了我几句，让我坐在了一把用木棍钉的大椅子上，然后，护士们就用布带把我牢牢地绑在椅子上。我虽然盼望着白求恩大夫给我治眼睛，但听说还要重新切开伤口，精神上真有点紧张。就把心里话说了出来："白求恩大夫，治眼睛嘛，怎么还要重新切开我已经好了的刀伤啊？这……"

白求恩大夫没等我把话说完，就让翻译把我的话说给他听。然后他和蔼地说："胡连长，这你放心吧，你们中国人有句格言：不入虎穴焉得虎子。今天我给你看眼睛，不重新切开刀口，焉能确诊啊？别担心，一定给你治好的！"

手术开始了，沉着老练的白求恩大夫先在我的伤口处打了点麻药（因当时药品奇缺，只用了少许一点），然后用他来中国后学会的针灸，熟练地在我的太阳穴和后颈两个部位扎了十几根银针进行麻醉。

手术紧张地进行着，人们都屏住呼吸，窑洞里静极了。只有白求恩大夫用那锋利的手术刀重新切开我的伤口时发出的"嚓嚓"声。

我的伤口重新切开后，白求恩大夫俯下身子小心翼翼地在我被战刀砍断的颅骨下层仔细地进行检查。窑洞内光线昏暗，白求恩大夫眼花，又连续熬夜，做手术看不清楚，就让张所长用手电筒照着，并叮咛我随时向他报告我视力发生的变化。

我的头颅虽然已经麻醉，但大脑还是比较清醒的。当白求恩大夫给我检查一阵之后。我的眼睛觉得"突"地亮了。能够看清人的轮廓。我高兴极了，大声说："报告白大夫，我的眼睛亮了！"

白求恩大夫一听，也情不自禁地说："好的！好的！"大家也都为我高兴。

十几天的眼睛失明，心里糊涂憋闷，好像与世隔绝了十几年。现在重见光明了，觉得窑洞里所有的一切都那么新鲜。当我都想看上一眼时，突然，眼前又是一片黑暗。白求恩大夫故意问我："胡连长，现在眼睛怎么样？"

我懊丧地说："又什么也看不见了。"白求恩大夫却笑了，重复着说："好的！好的！"我心里非常不满，心想，人家眼睛又看不见东西了，你还说"好的"，真是岂有此理！正当我胡思乱想时，眼睛又亮了，这是怎么回事呢？原来，经白求恩大夫的仔细检查，我由于颅骨被战刀砍断，颅内段视神经管受到严重损伤，破裂。刚才是他给我做着视神经管的修整接合手术。白求恩大夫用镊子将我的已经破裂的视神经管进行接合时脱离的实验，才引起了我的眼睛时明时暗的反应。白求恩大夫边做着手术，边对张所长说："胡连长破裂的视神经管如不及时修整接合，三至四周后，将会出现原发性视神经萎缩，视力就会完全丧失。"

白求恩大夫不顾远途跋涉的疲劳，在缺少设备和药品的情况下，他以娴熟的技巧，从将我破裂的视神经管修整接合，到硬脑膜的修补缝合及伤口缝合，总共没超过 20 分钟。使我这个快要双目失明的人，又重见光明，真是妙手回春啊！

紧张的手术结束了，护士们把我安顿在"病床"上。这时，我的眼睛能够辨认出人们的面庞了。站在我近旁的白求恩大夫矫健的身影首先映入我的眼底。他穿着灰布军装，灰白的头发，突出的前额，宽阔的下巴，那显得有些憔悴却慈祥仁爱的面容中，透出一种刚毅和顽强。天气那么冷，为给我做手术，他的额角上却沁出了汗珠子。我多么想对白求恩大夫说几句感激的话，但由于心情过分激动，却又说不出话来。

白求恩大夫收拾完手术器械，安慰我好好养伤，说他不久还要抽空来看我，而后又叮嘱小王要对我精心护理，不要在屋里大声喧哗，更不许在窑洞内有剧烈的音响……白求恩大夫叮嘱完后，提起药箱，就带着医疗队的人员急匆匆地走了。

12 日，伟大的国际主义战士白求恩大夫逝世的噩耗传来，我在屋里的"病床"上，悲痛万分，竟忍不住失声痛哭起来。

在蓝姆伽军校受训

———

胡汉文

抗日战争期间,我随杜聿明部队转战于滇西,由滇西败退到缅甸,随之又由缅甸退到中、印、缅交界处野人山地区,向印度推进。入印后,我奉命在印度蓝姆伽接受汽车驾驶训练3个月,甫一毕业即转入将校班继续受训。抗战胜利前夕,我曾四次率领部队往来于印度利卡尼和我国宝山县之间运送车辆和物资,现就记忆所及追述出来,供青年朋友了解、参考。

美国在蓝姆伽设立军事学校

杜聿明率部进入印度后,即被蒋介石任命为中国驻印军总司令,以郑洞国为副总司令,受史迪威将军的节制和接济。此后,中国部队陆续从昆明空运到印度的不少。美国总统罗斯福向蒋介石建议,美国愿在印度设立各种学校,派出专门人员,帮助中国训练在印官兵。蒋介石收到罗斯福这个建议后大喜,立即复电表示完全赞同。经过磋商,决定由美国出面向英国交涉，把印度蓝姆伽英军训练地区以租借法案形式租借给中国，作为训练中国军队之用。中国受训人员的吃、穿、医疗、薪饷和其他费用全由英国政府负责供给，得到了英国首相丘吉尔的同意。于是一个接一个的学校在蓝姆伽开办起来了。

计这类学校有：步兵学校、榴弹炮学校、工兵学校、战车学校、汽车学校、通信学校、将校高级教育班、空军学校（设在汀江）。

（1）步兵学校。孙立人的新一军、廖耀湘的新六军、杜聿明的新五军，都是经过这个学校训练后，用美械装备，于1945年前后回国的。（2）榴弹炮学校。究竟训练了多少中国军队，我不清楚，但后来在反人民内战中，国民党部队的榴弹炮营或团所有人员，都是这个炮校训练出来的。（3）战车学校。先后训练出有七个战车营。训练的坦克，最大的35吨，一般为25吨、20吨，最小的也有15吨。受坦克训练的驾驶人员，先要在汽车学校受汽车驾驶训练3个月，毕业后，才能入校。（4）汽车学校。陆续毕业的驾驶人员共259个班，每班80人，共2072人。我是256班毕业的，毕业后，才到将校班受训。根据美国规定：除专门受驾驶训练的人员毕业出去驾驶汽车外，凡是中国军官，不管哪个兵种，都必须受三个月的汽车驾驶训练。就是中、少将级以及在高教班受训的人，也不能例外。（5）工兵学校、通信学校、空军学校均设他处，不在蓝姆伽。蓝姆伽周围有80多华里，除上述几种学校外，还有大、小集合场，大、小运动场和两条商业大街，一条是中国商业大街，经营商店的都是华侨，另一条是印度商业大街，是印度商人集中的地方。另外，还有十几个电影院、几个公园。

训练情况

蓝姆伽的营房，以一个团为单位。营房内的一切全由中国人管理，美国人不干预，受训人员，按中国班、排、连、营、团编制。美国人只担任教育训练之责。上课一般是以连为单位，每天上午 8 时至 11：30 分，共三个半小时，下午是 2 时至 6：30 分，共四个半小时。上午先看有关课目的电影片，然后是美国教官对课目做进一步讲解，下午在教练场进行实习教练。每个美国教官都有一名中国翻译员，把讲课内容译成中国话。吃饭也是以连为单位，每天早晨由英国人用汽车把主食、蔬菜、肉类、烧柴、油盐等按 120 份分送到营房，由事务长开条接收。

受训官兵的生活和待遇

官兵的薪饷由英国负责，每月 5 日，各连长在团部领款回连发放。士兵不分等级，每人每月 20 卢比，班长 30 卢比，少尉级 50 卢比，中尉级 80 卢比，上尉级 100 卢比，少校级 140 卢比，中校级 180 卢比，上校级 220 卢比，少将级 280 卢比，中将级 340 卢比，上将级 400 卢比。中国军官在印度没有上将级，杜聿明仅是中将，所以最高薪饷只是 340 卢比。一个印度卢比当时合国民党的法币 300 元，二个卢比换美元 1 元。也就是说，1 美元换国民党的法币 600 元。蒋介石把中国的货币搞到如此可惨的地步，在印度的中国军人都觉得这是中国的耻辱。

受训人员的服装，同样由英国供给，官兵一律穿军便服，同英国军队一样，不过军帽仍是本国军帽的形式。一年发黑皮鞋一双、胶鞋一双、袜子两双、灰色毛毯一条。营内设有冲浴室。中午、晚上可以自由去冲浴。英国还给中国官兵设有随营妓女，被杜聿明下令撤销了。

另外，美国 SOS（救济援助机构）给中国官兵每人发罗斯福呢军便服两套，尉级军官和士兵每人发给黄色羊毛毯一条，校级军官每人发给红色羊毛毯一条和 51 型派克钢笔一支，军用手表一只，指北针一个。香烟由美国发给，士兵每人每天一包菲利普，尉官每人每天一包骆驼牌，校级每人每天一包半红吉士，不吸香烟者不发，愿吸烟丝的发给烟丝和烟斗。其他还有口香糖、水果、糖果等。只供给军官不供给士兵。

中国驻印军在汀江设有办事处，主要任务是接送来往受训官兵，解决食宿以及交通等问题。由飞机空运到印度的受训官兵到汀江以后，先是洗澡，继是打防疫针，然后换上驻印军的服装，把由国内带去的新旧衣服一律烧毁。办事处开始登记每个人由国内带去的法币，并为之兑换成卢比。带钱最多的要算将、校级军官，有的竟带去几万元，少的也带有七八千元，最可怜的是士兵，一般都是 200 元左右，连一个卢比也兑换不到。

在汀江约住一个星期，每天都要打一次消毒预防针。一天三顿饭，饭后可以自由在附近游玩，等办事处把车交涉好后，即乘车直开蓝姆伽营房，经三日三夜才能到达。

车队在中印公路的行程

中印公路未通前，由印度到昆明的军用物资，包括汽油在内，全由空运。自滇缅路工程告一段落后，美军就开始修筑公路，这条路很快修好通车，命名为史迪威公路，后改称中印公路。从印度的利卡尼起，经过鬼门关、野人山、喜马拉雅山脚下，进入缅甸新背洋。新背洋是个大站，有招待所，有加油站，有汽油压力设备站，均有美军守卫，凡要进入中国境内的车队、人员，都在此休息一夜，第二天才能到密支那，第三天到八莫，第四天到中缅边界畹町，第五天从畹町进入我国的宝山县，第六天到下关，第七天到楚雄县，第八天到昆明。上述八天是车队的行程。

再说中印油管。油料由印度的加尔各答开始用油管通到印度的利卡尼，然后经中印公路沿线通往昆明，中途有好多汽油压力机站，把汽油从这山压过那山。因为没有压油站，汽油遇到高山就流不过去。汽油的来源，系美国用油船从中东一些阿拉伯国家，运到印度加尔各答美国油厂的。

自中印公路通车后，每天从印度的利卡尼开往中国一个车队。这个车队，包括十轮大卡车 80 辆，中吉普 5 辆，小吉普 7 辆，车上装有武器弹药和通信器材。车队后面跟着一辆大吊车，一辆卫生救护车，预防发生事故，通过了喜马拉雅山脚下后，这两辆车仍回利卡尼。车队所有大、小车辆，都配有两个驾驶员，一正一副，另外，还有一美国尉级军官，两名士兵跟车队直接到宝山，把车子和物资全部移交中国后全部驾驶人员和跟车的美国官兵休息 3 天，第四天乘飞机回印度利卡尼待命再运。

为什么每天只有一个车队开进中国呢？主要是因为沿途的招待所，只能担任 200 人一天的吃住，多了没有条件容纳，另一方面也没有这么多的汽车。我就是跟着这样的车队来往了 4 次。

美国在印度加尔各答设有一个汽车装配厂，把美国制造好的大小车辆，从美国运到印度该厂装配。装配好的车辆，由美军 SOS 负责接收，再装运好物资待运。

1945 年 8 月 15 日，日本帝国主义者宣布无条件投降，中国驻印军总部撤销，先后分别回国，蓝姆伽各种学校的器材、机械以及 35 吨、30 吨、25 吨等大型坦克，全部交给英国，算是中国偿付英国租借法案上的一部分现金。

我为美军当译员

———

杨宝煌

1941 年 12 月，日本军队偷袭珍珠港，美、英先后对日宣战。中美成了盟国，美方通过"租借法案"向中国抗日部队提供武器、医药等军用物资，同时还派出了军事联络组。中方为配合美军工作，先从大学生中招聘译员，后来美军联络组人员越来越多，译员短缺，乃开始从当时后方各大学应届毕业生中征调。当年除了女生、教育系的，及身有严重疾病的学生外，其他学生一律在征调范围之内。官方先在重庆沙坪坝（当时中央大学所在地）、北碚（复旦大学所在地）等处办起了"译员训练班"；三个月后，又将被征人员都集中到重庆"中央训练团译训班"，训练了三个月。受训人员的训练内容除了外语之外，还有一般的军事科目，一俟训练结束就转为"军委会外事局三级译员"。这些译员有的分配到各兵种的训练中心及各战线的美军联络组；有的分配到中国各抗日部队配合美军联络组工作；也有的分配到中国后勤部队。译员总数共约 3600 人。

我本是复旦大学社会学系的学生，1943 年被征调为美军译员，先分配到滇西蒲缥国民党第五军军部为美军联络组工作，后到过保山、龙陵、芒市、畹町、勐戛等地，与美方人员接触较多。

充足的给养

与美方人员相处日久，印象最深的便是美国的战时物资供应充足，对他们在海外工作的军事人员的物质需求照顾得十分周到，其所获取的给养等，中方军事人员很难与之相比。

美军每人除有好几套卡其布军服外，还有呢军服、工作服、单夹克服、绒里夹克服、小大衣及皮靴等，雨天有专用雨衣、雨靴，在丛林中有带帐子的吊床，冬天睡鸭绒睡袋。联络组只要有三个人一起工作，至少就有一辆吉普车，若人多还提供比吉普车更大一点儿的武器载运车。他们吃的口粮有大小不同的各种罐头，内装肉糜、干酪、鸡蛋粉、牛肉、水果等，同时也在中国市场上买鲜鸡蛋、鱼、肉和蔬菜。美军最普遍用的是一种食品盒，像香烟筒大小，里面有几片压缩饼干、口香糖、巧克力，甚至还有五支香烟和十支纸梗火柴，他们常拿来随便送人。美军每天早上不论官兵一律三个煎鸡蛋、几片面包，夏天军中有自制冰激凌随便用，咖啡、牛奶喝不完倒掉的也不见怪。这在当时物资供应十分贫乏的中国人看来是足以瞠目的，与当时国民党军队每人一单一棉，"睡觉打地铺，行军靠走路"相比，真是天壤之别。

此外，还有一些东西以平价优惠美军军人，如香烟、手表、金笔、领带等，他们常在发薪时前去认购。其中有些士兵把这些优惠商品又转卖给中国小商贩，当年昆明街头小铺里、地摊上尽摆有这些小商品。

记得日本宣布无条件投降后，美军很快决定回国。一时间，美军营地附近的广场上烈火熊熊，美军把不准备带走的军服、行军床、医疗用品、食品，甚至吉普车等统统付之一炬。有人不禁发问："既然带不走，不如给中国留下。"也有人说："这就是资本主义制度驱使，宁毁勿赠，以求得商品价格的平衡。"不论怎么说，反正什么都未留下，全化成灰了。

在富足的供给之下，美方还注意使远涉重洋的军人在精神生活上有所调剂。当年在昆明、楚雄、云南驿、下关、保山等滇缅路上的美军联络点都有军医院，没有房子的搭帐篷，以使美军遇有伤病能及时救治。在这里，每晚都放映电影，逢周六、周日更多，往往有两三部片子。对美军来说，更为热闹、更感兴趣的则是在电影间隙出现的歌手、影星。她们大多是半裸着三点装，扭腰摆臀，挤眉弄眼，飞吻频频……在场的美军官兵一起狂欢，口哨声、呼叫声此起彼伏，响成一片。美国军队里有个歌"The happy is the day，when army get the pay"（当军队开支的时候是快乐的日子），实际上那一场合的狂热比开支时不知高涨多少倍，几乎可以说是歇斯底里。

"文明"与"民主"

见到美军的物资、给养十分丰富，可以推测他们的科技与生产能力很发达，但要认为他们人人都有较高的文化，那就错了。美军中固然有不少人是大学生，但文盲也不鲜见。有个原来在国内当鞋匠的美军麦克（Mike），就曾拿着几张纸和信封来求我代写家信，当时他身上居然还别着两支金笔呢！

我当年总以为美国是崇尚"民主与人权"的，但在译员生活中遇到这样一件事，使我改变了看法。有一次，中国炮兵营的一匹马流脓涕，鼻黏膜结节溃破，显著消瘦，它的四条腿已撑不起羸弱的身躯了。当时美方兽医中尉杜伯乐（Dubler）诊断为严重鼻疽病，且有蔓延之势，恐这种病传染给人，于是果断地把病马打死了。事后兽医少校"白眉毛"

（绰号）得到汇报，却认为病马只需隔离，不应打死。他们俩从理论到实践，你一句我一句，脸红耳赤，争吵不休……此事发生后没几天，杜伯乐就不见了。另一个中校医生告诉我，杜因与上司争吵，被送回美国去了，而且进了疯人院。杜伯乐是从兽医学院毕业的年轻军官，工作中不怕脏不怕累，也经常给中国老乡的牲口看病。正是这位和蔼可亲、工作认真的青年，由于敢于坚持正确意见，竟被视为"犯上"而送进了疯人院。我不得不对美国的"民主与人权"产生怀疑。

友谊

当年我当美军翻译时，有两位美军朋友给我留下了深深的印象，其中之一就是杜伯乐。

1944 年，我奉调昆明东郊国民党军第四十五师的美军联络组，最先就是给杜伯乐中尉当翻译。他当时从兽医学院毕业不久，高大的个头，高高的额角。因为他是兽医，又根据其英文名字"Dubler"的谐音，我给他起了个"杜伯乐"的中文名，还送了他一枚中文篆刻名章。

杜伯乐的工作是给中国部队的炮兵培训兽医，因为受训人数不多，都是边干边讲边学。一些简单的伤病由中国兽医处理，较复杂的由杜处理。比如对便秘的牲口打针服药不管用，要掏粪结，杜伯乐就把整个手臂伸进肛口去掏，即使冬天也会累得汗水淋淋，可他却从不嫌脏怕累。当地老乡常牵牲口来请他治，杜也总是扬扬眉毛说"OK，OK"，有求必应。有一次，一位老乡拉来一匹正在分娩的马，小马的一条腿已伸出来，可绝大部分身子却出不来。老乡怕憋死小马，更怕母马危险。两匹马，这在当时对一个农民来说是多大的财富呀，他急得什么似的。村里的乡亲围了一大群，祈盼洋大夫能解难。杜伯乐虽然摇了摇头，表示有困难，但凭着医生的热诚，还是果敢地伸出了手臂，摸准了部位，把小马完整地掏了出来，并清除了堵塞在小马口腔里的污物。小马竟开始呼吸了，不久便站起来了。呀！真是神奇，"母子"平安，皆大欢喜。围观的人们喜笑称赞，马主人千谢万谢，不知怎样表达他的感激之情。

还有一次，一位老乡腿上长了疔疮，一条腿肿得有两条腿粗，来请杜伯乐诊治，杜是兽医，表示未便处理，但经不住病家一再请求。杜动手了：麻醉、开刀，排除了脓肿……可由于用的是适于牲口的麻醉剂乙醚，手术完了，人还不醒，急得杜双颊绯红，满头冒汗，睁圆双眼，目不转睛地注视病人的变化……谢天谢地，病人过了20多分钟终于醒过来了。大家虚惊一场。

后来，麻烦事降临了。杜伯乐因处理一匹垂死的病马，与上司发生争论，导致其被送回美国，关进了疯人院！我深为这位正直的青年惋惜，也不知道后来事情是如何发展的，有没有平反。他如果活着，该有80多岁了，祝愿这位工作认真，敢于辨明是非，对中国人民友好的朋友有一个幸福的晚年。

杜伯乐离去之后，我又被分配与一位中校医生 Natty 合作，他40多岁，瘦瘦的，镶着两颗金牙，两眼炯炯有神，架个金丝眼镜，是个和蔼可亲的医生。

他的任务是在第四十五师所属各团办军医培训，讲授军中常见病的诊断与治疗，前后共办了三期，每期40~50人。中国军队的旧医官大多没受过正规医药教育，所以办培训很受欢迎。

上课前中校把讲义交给我准备，然后课堂上他讲一段，我翻译一段。有一次他突然提到"Testis"，我没听懂，他便直率地解开军裤，指给我看。我才恍然大悟，原来"Testis"是睾丸。在大庭广众之下，我有点儿不好意思，但同时又对他教学的直率十分佩服。他在上课之外，还经常在各团巡回检查病号，并把了解到的情况带到讲堂上，理论与实际紧密结合，令大家感到很实用，更易于解决问题。当他看到随军医院不给士兵好药，深为不满，怀疑美国援助的好药都装到中国医官的口袋里去了，而且为此检查、过问了这事，给我印象很深。

这位中校军医也乐于为中国老乡治病，而且看病的越来越多，占去他不少时间。虽然这类事出乎他的职责范围，但他从不推辞、厌烦，尽到了医生博爱众生、治病救人的责任。

这位中校军医与我关系一直不错，他告诉我他回国后将用出国补贴盖六间房子，留一间给我，希望我能去美国攻读大学社会系的学位（自己本身就是复旦社会学系的），并称可以为我介绍工作，半工半读。虽然战后我们中断了联系，赴美留学一事未果，但他的一片好意，对工作兢兢业业的精神，以及对中国老乡们的友好态度却印在我的脑海里。

欺凌

虽然在美军中有我的好朋友，但就总体而言，多数美国人并未将中国人放在眼里。即使作为战时的"盟友"，应讲些"情谊"，也未能阻止美国兵凌辱中国人的事频频发生。

有一次，我们三个译员在昆明街上见到一个美国兵殴打洋车夫，并逼着洋车夫继续拉他走。围观的人见状都很气愤，我们三人挺身而出，阻止美国兵打人，责令其付车钱，并且支持拉车的不再拉他。大家你一言他一语，争相要杀杀美国兵的嚣张气焰。这个美国兵见到那么多中国人助威，自知势单力薄，只得悻悻而去。

当年在华的美军都有上司分发的避孕套，很明显，他们是允许其士兵们在中国找性出路的。旧中国的大城市本来就有妓女，而美军所到之处，即使穷乡僻壤也会出现妓女，更甚者也会殃及池鱼，有些良家妇女也遭美军蹂躏。不仅如此，美军还经常请中国的小姐、太太们参加所谓"舞会"，不少洋奴也以攀附洋人为荣，任凭太太、千金花枝招展地应邀而去。某次，第五军第四十五师政治部主任的太太应邀赴会彻夜未归，直到翌晨美军才用吉普车把疲惫而惊愕的主任夫人送回来……那年头，不是在武汉景明大楼也发生了轰动一时的舞后集体奸污案吗？

就是我们这些配合他们工作的译员，有时也会受到他们的辱弄。如遇有转移驻地或远行，吉普车坐满了美国兵，后面的拖斗里放各类行李，他们要我们译员也坐在拖斗里，等于替他们押车、看行李。我们坚决拒绝，表示宁可步行，或他们下一次来车接，否则不走，以抗议他们的蔑视。经几次抗争，他们才改变了做法。

不欢而散

1945 年 8 月，日本宣布无条件投降，不久我所在的第四十五师师部举行欢送美军官兵的茶会。中方连以上军官都参加了茶会，中美双方代表都说了些冠冕堂皇的话。我们这批血气方刚的大学生（译员），虽与美军一起工作生活，但对中国到处是美国兵，中国官员唯唯诺诺、仰人鼻息、贪污成性很看不惯。于是我代表译员要求发言，另由广西大学的小李当翻译，我说："我们的部队（指国民党军队）很不争气，美国支援的物资往往会跑到军官们的口袋里，对抗日不利，丢尽中国的脸。难怪美国对我们不放心，要派大批军队来。"这时国民党军官们面面相觑，颇为难堪和震怒。见有的美国官兵出声窃笑，我又接着说："可是，美国人对我们就是真心的友好吗？为什么对苏联，同是通过租借法案给以支援，却没派一兵一卒；而对中国仅占 10%，便弄得遍地皆兵呢？"讲到这儿，美国军官不满意了，会场也开始骚动，甚至响起了口哨。双方在对抗的情绪中僵持，主持会场的政治部主任见状不好，为避免事态恶性发展，赶快宣布散会。欢送会就这样不欢而散了。

随着美军联络组撤销，我们也结束了译员的生活。1947 年夏，第四十五师副师长郭吉谦在南京见到我，悄悄地对我说："当时，我们根据你在欢送会上的发言，还怀疑你是共产党呢！"

我参加青年军前后

张谷初

1944 年 4 月,我在安化七星街湖南省立第一中学上高中。当时,我的家乡浏阳已被日军占领,我家的经济来源完全断绝。这年暑假,我找到了第九战区战时失学青年收容所,在那里混碗饭吃,这才得以度过了一个多月的假期。到了这年的下学期,吃饭穿衣成了大问题,生活日益困苦。恰在这时,蒋介石号召知识青年参军,并提出"十万青年十万军"的口号。作为一个有热血的爱国青年,谁能忍看祖国大好河山为日本人所占领而无动于衷?岳飞"还我河山"的豪情壮志,激励我决心响应号召,投笔从戎,一遂报国夙愿。

这年冬天,我和一些参军的同学,步行到蓝田(今涟源县城),时任三民主义青年团蓝田分团部主任的田俊杰出面接待了我们。著名教育家、国立湖南大学校长胡庶华先生,此时也以三青团中央干事长的身份来到蓝田,进一步号召学生参军。他以东汉班超少有雄心壮志,投笔从军,出使西域,为祖国统一事业建功立业的事迹激发学生们的爱国热情,坚定了大家从军的决心。随后,我们被送到安化县城,在那里正赶上过新年，我们在一起聚了餐，大家高唱抗日流行歌曲，精神极为振奋。不久，我们前往贵州集中，因当时抗日大后方交通闭塞，大家只能靠步行分批走。我们这一批约200余人，出发后在路上遇到了各种各样的困难。后来，我们坐上烧木炭的汽车，大约在次年的2月底，才顺利地到达了目的地贵阳市。

1945年3月3日，我被送到贵州修文县麦加桥营地，编入青年远征军第二〇五师六一四团一营一连当二等列兵。我们连的连长是谢衡耀，黄埔军校出身，广东人；指导员是曾绍文，四川大学毕业，四川人。全连分成三个排，一个排三个班，每排15人左右。当兵的生活虽然比较艰苦，但是从学生到士兵，这是一种新生活的开始，所以我们都积极地投入了紧张的军事训练活动。

我当兵时，个头矮小，胖墩墩，其貌不扬，但还算机灵敏捷。有一次，六一四团团长张钦安来到训练操场，他问谢连长，每个士兵的名字是否能叫出来，谢连长满口答应可以。张团长随即指着一个班叫连长试一试，恰巧把我在的那个班叫出列队，连长依次叫名姓，喊一个正步走出来一个。因连长平常总叫我"小胖子"，他一时未能叫出我的名字，当即脸发红，额冒汗，随后他信口叫出一个姓名，大喊："陈长庚"，我马上答应："有。"并正步走出队列，完全没有露出马脚。张团长连连称赞连长关心士兵，表扬他的工作有成绩。在吃中饭后，谢连长把我喊到他的房间里，拍着我的肩膀，向指导员介绍上午团长来考察的事，并一再说我机灵，能临机应变。从此，连长对我很好，并关心我的疾苦。1945年9月，师部成立军士大队，由各连选出十名优秀士兵，送军士大队学习，强化训练三个月后，再回各自的连队当班长。当时，我也是被选拔出的优秀士兵之一。

我到军士大队后，由于生活训练过分劳累，半个月后我就病倒了，发高烧，人事不知，随即被送往师部野战医院，经军医诊断为胸膜腔积液。我住院治疗三个多月，才基本痊愈。出院时，医生忠告我，说我不适合于军事操作，要我继续休养。这时，我思想情绪波动很大，后悔不该来当兵，内心十分彷徨苦闷。因此，我决心申请退伍回家。我的申请不但未获批准，反而遭到师部工作人员的训斥，命令我立即回六一四团一连继续当兵。在不得已的情况下，我又拖着沉重的步伐回到了原来的连队。

这次回到连队，已面目全非。因为我是一个病号，又拒绝出操参加一切训练，因而连排长很快便对我改变了原来的看法，而且关系越来越紧张。有一天早晨，我确实因头痛没起床出操，连长不但不同情，反而用木棍打了我一顿，使我的身体一天不如一天。因而我的抵触情绪也就越来越大，并想开小差回家。因路途遥远，手中分文皆无，我只好硬着头皮待下去。

谢连长的虐待，连队的贪污腐化状况使我深感不满。于是，我将在连队所见所闻整理了一份材料，写出了《谢衡耀连长十大罪状》，控告他的虐待士兵、克扣军饷、假公济私、多吃多占等。这份材料我邮寄到二〇五师师部，但犹如石沉大海，没有一点回响。后来上级通知，蒋介石在国民党政府还都前夕，要来检阅青年军。我感到，这是一次千载难逢的机会，遂决心把材料整理好，到时候见机行事。

在国民党政府还都前夕，蒋介石亲自来贵州修文县麦加桥大操坪做了一次阅兵。陪同前来的有贵州省政府主席杨森，青年军训练总监罗卓英，总政治部主任蒋经国，以及二〇五师师长刘安祺、副师长刘树勋、参谋长刘理雄、师政治部主任钟焕臻等。检阅的那天是个阴天，全师官兵1万余人集中在修文县麦架桥大操坪。附近老百姓远距离观望者不计其数，真是人山人海。广场内外，岗哨林立，戒备森严。站在那里等待检阅的官兵，像木偶一样一动不动。

那天上午9时正，蒋介石的车队缓缓驶来。这时，军号声震动山岳。蒋介石换上敞篷吉普车，身着披风，戴着白手套站在车上，开始阅兵。每一个连队为一个方块，他频频举手敬礼，每经过一个方块，士兵即有节奏地高呼："万岁！万岁！万岁！"检阅结束后，部队很快集中在临时讲台下面，蒋介石在众人的前呼后拥下走上讲台。我看到杨森、罗卓英站在台上，好像钉子钉在那里一样，巍然正立。蒋介石讲话的大意是国府还都在即，特来看望；青年军一方面准备复员，另一方面准备戡乱救国，并要求全体官兵履行革命军人的天职。最后，他带领大家朗读军人守则，他读一句，大家跟着念一遍："拥护国民政府，服从宪法，不容有违背怠离之行为。"

在整个检阅中，蒋经国带领一班人马，威风凛凛地跟在蒋介石后面，他身穿黑呢子中山服，在各连队之间穿梭来往，有时候也询问官兵，简单地与别人交谈两句。当他经过我身边时，我把那份预先准备好的控告连长的材料，毫不迟疑地递给了他。他接过去，望了我一眼，往口袋里一插，没讲话就走了。在场的官兵都鼓起眼睛望着我，尤其是同我相处好的朋友，都为我捏了一把汗。当时，我为什么会有这么大的胆量呢？因为我恨这些贪官，恨他们对我无理的迫害，所以我要控告，要申诉。当时，我只有17岁，过于幼稚和天真，对蒋经国抱着无限的希望。谁知事隔三天后，谢连长通知，要我去团部一趟。我到团部后，一个军官找我谈话，询问控告连长是受谁指使，并说越级报告，动摇军心，蛊惑人心，制造事端是绝对不容许的。我被训斥后，刚走出房门，即有四名持刺刀枪的士兵冲我吼叫："不许动！"当时，我被吓出了一身冷汗，只得听任他们的摆布。

我被扣押后，他们将我关在一个又小又阴暗潮湿的禁闭室里，里面共关有 11 人。其中有因异党嫌疑扣押的，有调戏妇女的，有贪污的，有因吃酒刺伤别人的。在禁闭室，连解大小便都要预先喊报告，并有枪兵跟在后面，完全失掉一切自由。各人由原所在连队送饭，可我是连、排长的眼中钉、肉中刺，因此一天难望他们送一餐饭。全靠我的朋友、老乡、同学，偷着给我送些东西吃。大约过了两个多星期，我在同乡、同学的声援下，写了一份检讨书，才无罪获释。

恢复自由后，我找一个原籍益阳的同学，去找副师长刘树勋，他也是益阳人。副师长刘树勋知道我是全师有名的风头人物，他不但没有责怪我，反而鼓励我求上进，并介绍我到政工队。我拿了副师长的便条，很顺利地进入了政工队，被分配到政工队主办的民众小学教课，并以少尉队员的身份支领薪资。不久，我又调到六一四团督导室任干事，搞收发工作。

1946 年 3 月，国民党召开六届二中全会；6 月，国民党军队在美国的支持下，积极准备向解放区发动全面进攻，很明显和平希望已经破灭。全国人民喘息未定，重又受到战火的威胁。青年军中的同学很多人都开始觉醒了，我则改变了自恃清高不问政治、孤芳自赏的态度，从个人主义的小圈子里抬起头来，积极投入了反内战、反迫害、反饥饿等民主斗争运动，直到迎接湖南的和平解放。

南京贫儿院见闻

韩宝兴

开国纪念，贫儿教养院，黄留守创办。教养贫儿，工读为主干；以诚朴齐相见。努力技艺，努力学问，精神莫懈怠。苦难饿困乏，心弗乱，大任乃能担……

这是南京贫儿院院歌。

南京贫儿院始创于1912年。当时北伐军打到徐淮一线，战乱中不少流离失所、衣食无着的儿童，由北伐军收容送到南京。南京留守黄兴（克强）先生见到贫儿们，既不忍抛弃又不能随军迁徙，便与一些辛亥革命人士协商成立一所贫儿院，用以收留养教。

贫儿院院址选在白下路升平桥畔一座旧衙门内，占地20多亩，其中花园、花圃及许多隔离绿坪就占了四五亩之多。大花园在大门内一篱之隔，约近两亩。树木间种有四时不谢之花，八节长香之卉，使人陶然中忘却工读后之疲困；小花园中间有一亭，上有胡汉民手书一匾"克强亭"，亭中立黄兴瓷制遗像一幅，底为汉白玉石座，令人瞻仰起敬。

小花园北上数级，便是雷震题写的"礼堂"，内容六七百座位，每年逢黄兴忌辰，有许多中央要员莅临。1936年忌辰会上，司法院副院长覃振曾提建议："将贫儿院更名为'强儿院'，一来追思黄克强先生创院之苦心，二来也可使孩子们今后自强不息。"可惜翌年抗战军兴，此议遂罢。

在礼堂后面有幅大标语，白墙上用蓝色大字写着"一日不做，一日不食"。经一条走廊便是教师办公室，内有建院时第一期学长老师，如总务主任张壁垣、童子军八十九团团长兼体育老师朱子翔、文牍兼五六年级国语老师陈造新等人。陈是江西修水人，与孙科同毕业于莫斯科中山大学，家中不仅有与孙科等人合影一帧，且孙周末经常派小车来接其赴宴。

院后东北角娃娃桥畔是小花圃，除堆放数千个花盆外，还码放数千块完整的琉璃瓦，后经陈老师介绍转售给孙科，供其在中山门外小红山建私邸"延辉馆"。为避免碰伤，十块一扎用草绳捆好，用汽车运了好几天才运完。

与广艺街一墙之隔的西北角为大花圃，种有牡丹、芍药、多种兰花及罕见的郁金香等。大花圃南边是附设的小医院，除内外科外，还有12张病床的住院部。医院负责人赵公瑾是陆军训练总监部上校医官，曾留学日本。南京沦陷后，赵一变为汉奸，为虎作伥，后来才知道他留学日本时，就受日本特务机关训练，是在南京潜伏下来的。

贫儿院大门两边墙上写有"半工半读"四个大字。凡是进入五年级的贫儿，一律用半天学习一门技艺，如缝纫班、织袜班、织布班、藤竹编制班，还有一铜管乐队。此乐队有大小乐器三四十件，除例行的"总理纪念周"外，每年"双十节"及其他节日都吹奏热闹一番。特别是几次全国童子军大检阅，此乐队出尽风头。

1937 年开春，我升入五年级（当时称高小）。院方派我当了无人问津的花匠，在一位很有涵养的师傅指导下，学会了不少植树栽花技艺。有一天，我随师傅正在大花园锄草治虫，突然闯进两名警察，指着我师傅问道："哪个叫你们种鸦片的？"我师傅一愣神，未及回话，我却插上一句："哪个种鸦片烟？外面抽大烟的人那么多，你们不管，倒过来找我们种花的。"那个年龄大的大约是警长，说："你小孩子不懂，这不是鸦片花吗？你师傅要带走。"我一听要抓我师傅，火了，便说："你要抓人先把王固磐喊来再说。"那警长见我是孩子，便问我："王固磐你知道是哪个？"我说："不就是你们厅长吗？我们院长叫他站着，他不敢坐下来。你有本事找我们院长去。"那个年轻的见我这个小孩居然敢同他们顶撞，便要打我，我围着一棵大柳树同他绕圈子。那年龄大的无奈便对我师傅说："限你们今天拔光，不然明天来抓人。"说完二人悻悻然走了。我师傅脸都吓白了，说："这是罂粟花，是可以制鸦片的。"我一听真是鸦片花，赶忙连踩带拔一下弄光了。师傅松了口气，说："你如何认识他们厅长呢？"我说："去年忌辰大会上，见到王固磐在院长面前又点头又哈腰那个样子，便认定不是院长对手，一听说要抓你，我才抬出院长来吓他的。"师傅听罢笑了。

我是 1935 年入贫儿院的，一进贫儿院就补进三年级插班生，在此前我等于没读过书，所以成绩平平。那时，只有报纸是我最大的学习源泉，我从中了解不少中国地理及时事，对于孙中山先生的《三民主义》《建国大纲》《实业计划》等书，因文化太低，受益不到。但由于我养成看报习惯，使我文化知识有了一些进步。

刚刚进入五年级，我们级任老师孙崎对我们的作文和周记评分用两种办法——内容分和字迹分。内容我总在 90 分以上，可字迹很难达到 50 分。一次孙老师把我喊起来说："你的字太差，有的连我也认不出。

这个月四篇周记，连续四次不及格，每篇打五下手心，共 20 下手心。"我说不行，只能打五下。他说为什么？我说孙老师讲过孙总理特点之一是"今日事，今日毕"，可你怎么把一个月的事积下来哩？说得全堂同学大笑起来。孙老师也笑了，便说："算你说得对，但下次一定要改，不要有空就光看报。"

继"七七"卢沟桥我方二十九军大刀队使敌闻风丧胆，振奋了我们民族信心，至"八一三"在上海又使敌军数败，抗战全面爆发，我们只不过是从报上看到"七七"事变和"八一三"抗战的一些片段。1937年 9 月初，我们终于受到一场中国空军奋勇献身的生动教育。那天上午，我们躲警报，不到半小时，便听到飞机轰鸣和空中机枪射击声。我一来嫌防空壕闷气，二来也想看个究竟便私自跑出来。抬头看见一架中国战斗机正与 4 架敌机盘绕追击，我便喊大家快出来看，大家一下子都钻出来了。对面实业银行平台上一挺高射机枪因敌我混战一处，不敢射击，但有人对我们大声喊道："快躲起来，防止流弹。"可我们哪肯轻易放过观看这场殊死杀敌的空中战斗，一个也没有躲进去。不一会儿，只见一架敌机冒着火，拖着一条浓烟向东北方向坠落下去。我们高兴得拍手叫好，一直到几架飞机都看不见了，听到解除警报声，才回教室。第二天报上登载了"我军勇士刘粹刚以一敌四，击落一架击伤二架"的报道。而后又载，我空军战士阎海文在上海空战时，不幸被敌炮火击伤，只得跳伞，但不幸降落在日军营区内。敌人要他投降，而阎海文掏出手枪，毙敌数人后，最后一弹自我殉国。爱国者的壮烈牺牲精神，"中国不会亡"的歌声，使我们想到了岳飞、文天祥等人的凛然大义。

由于空袭日渐频繁，敌机轰炸南京居民区，中国红十字总会迁到我们礼堂旁边办公。我们注意到，有位身材健壮的小脚婆婆精神很旺盛，行动也很敏捷，不像一位年近花甲的老太太。后来才知道她便是北伐军中娘子军负责人胡木兰，是一位率娘子军最先突破太平门进入南京城的巾帼英雄。在她安排下，我们成立了童子军战时服务团，任务是宣传抗日，救护伤病人员，为抗日募捐等；我们小医院也住上了从上海前线撤下来的伤兵，胡木兰又请大医院派来几名医生，培训我们不少女同学为护士。但在这时，我们医院负责人赵公瑾不知躲到哪里，也许只有天晓得了。

胡木兰还告诉募捐的同学，要他们专门在夫子庙一带酒楼、舞厅去向那些老爷太太募款，如果有人来妨碍募捐，可以随时打电话找她，不管是警察还是宪兵，由她来找他们头子谷正伦、王固磐。院长也在旁边说："对！这些老爷只顾享受，什么抗日不抗日好像与他们不相关。"果不其然，有一次我们募捐队一位女同学受到一个便衣警察的侮辱，大家便打电话找胡木兰。胡木兰马上打电话给王固磐，一下找不到王本人，我们见她气得手发抖，怒吼道："你是哪个？他到哪里去了？马上给我查一下夫子庙一带哪个负责，调戏募捐队女学生的一定要撤职查办。你问我是哪个？我是胡木兰，认得吗……好，认识就好。今天晚上等你们回信，特别告诉老王，一切为抗日活动事，不准你们任何人打扰，不然我叫张群（当时行政院长）撤他职，听到了吗？"言罢她把电话话机一掼，对周围的人说："真是无法无天，我就不信委员长对这些事不管？走！我们出去看看，不要使孩子们受气。"说着拉起院长的手走出大门，上了汽车，后面还跟着两位穿军装的女中年官员。

1937 年 10 月过后，日军正沿着京沪铁路步步向南京进逼，贫儿院也宣布停课，并申明凡是有家可归的一律暂时回家，战事结束后再回来。我们班上一位叫向金坤的女同学整天淌眼泪。她比我大两岁，我问她为什么，她说担心她小妹向金玲。她的小妹是 1936 年秋由黄河水利委员会主任孔祥融夫妻二人要去当养女的。孔祥融是孔祥熙之弟，其妻太胖，不能生养，但雌威难伏，不敢纳妾，才与院长商量后把向金玲要去的。向金坤说她妹妹胆太小，连放爆竹也害怕，这整天炸弹声会把她吓坏了。我说："你真是的，这些官老爷还不早跑到汉口租界躲起来享福去？你妹妹还要你烦神？"但是一想，人之天性，姐妹之情又何能忘怀?！

一直到当年11月底，院方决定将剩下的七八十人迁往安徽宣城新河庄贫儿院在那里附设的农场，以避战火。为此，院方雇了三只木船，人员分批出发。当我们出中华门时，城门已经关了半边了。我们那只船到了农场时，已是"小雪"时节。

在农场因无课堂，我们这些孩子整天忙着玩，好像到了世外桃源，无忧无虑地过日子。有一天，我们几个男同学正在场部对面一个大湖中摇船玩，湖对面小王山下突然来了两名军人，喊我们赶快接他们过湖。我们只好把船摇到湖对面，接他们上船。一看，一个是上尉连长，一个大概是勤务兵。那个兵嫌我们摇船太慢，一上船便接过橹摇起来，那位连长忙不迭问我们这里有多少孩子，看上去一脸愁容，很着急的样子。船到了岸边，那连长三步两步跑进办公室找到了当时贫儿院唯一的负责人——总务主任张壁垣，得知共有七八十个孩子，还有一只装运最小的同学的船未到。那位连长告诉我们张主任："现在鬼子已从浙赣线打了过来，前锋骑兵已到广德，我们正用机枪抵挡着。你们这些小孩一定要在今晚12点前过江到芜湖才平安，否则就危险了。"接着又叮嘱说："我们正在对面小王山架迫击炮，但你们一定马上走。"说罢立即带着那位小兵连走带跑地跨上船匆匆离去。恰巧这时第三只船也到了，张主任立即宣布凡是愿回南京的一律发五块银圆，米粮随便带，不愿走的吃过饭上船。这时我想，回南京不是办法，还是走吧！与同班同学支慕文商量一下，将我们的背包装满了锅巴，又用茶缸装满了辣酱，准备万一跑散了也可混上一两天。就这样，吃过晚饭，愿随队的 37 人都上了船，顺着水阳江向北摇去，一路上不时听到后面传来枪炮声。我们船快过宁芜铁路桥时，只听到岸上有人大喊："要炸桥了，赶快过去！"我们这船才过桥二三十米，只听"轰"的一声，铁路桥一下沉入水中，浪花把我们的船掀起几尺高。我们所乘的两只船速度更快了，待到芜湖北岸，江南边已是一片火光。大家无声地向江南告别了，又注视着两位船老大，感谢他们将我们送过长江。我想如果不是那位连长及时通消息，我们这些孩子肯定已是日军铁蹄下的受害者了。

枪炮声在南岸越响越厉害，在江北上岸后，看到几堆山似的大米包，有些士兵正用火油向上浇，准备烧掉。我们看着心疼，便问我们能否拿几袋。一个中尉军官看我们是些逃难的孩子，就说："你们能全搬走才好。"于是我们几个年龄大的同学七手八脚硬是拖着两袋米上了船。船老大招呼大家快些上船，说鬼子可能也要过江。

我们再次起程。一路上散兵游勇几次要夺我们的船，张主任对他们说："你们看看这两船尽是逃难的孩子，你们能忍心吗？你们家中也有孩子呀！"这样一直平安前行。到 12 月 16 日临近安庆时，忽听江边上有人在喊："玉兰，玉兰。"再一看，竟是我们贫儿院的桑洛鸣老师，大家一阵欣喜。他告诉张主任说："南京三天前已失守了。"这一下同学们转喜为悲，大哭起来，十几个女同学哭得更惨。我在报上曾看到，11 月中旬南京卫戍司令唐生智在中外记者会上还信誓旦旦地声言："我已向委员长呈上军令状，誓与南京共存亡，"并说"南京关起城门来，军火可以支持三个月，生活用品维持半年不成问题。"怎么我们才离开南京一个月不到就失守了呢？如今铁的事实摆在面前，不能不叫人感到凄然，一种莫名的失落感笼罩了我的身心。大家都在想，何时才能回南京呢？那里的贫儿院是我们这些难童的家啊！

　　后来我才知道，日军在京沪铁路受阻太大，进展缓慢，便在金山卫登陆，沿浙赣线抄南京后路，所以南京未失，芜湖先丢，至于将那些大米烧掉，也是"焦土抗战"口号下的做法。保卫南京战役就这样消失在错误指挥和盲目口号里了，等待我们的将是难童的流浪生活。

我在伪满时期的学生生活

柳　春

　　我的学生时代是在伪满统治下的大连度过的。当时，大连的街道不叫胡同、巷，而叫"町"，我上的小学叫"土佐町"小学，"土佐"这个词就是从日本的地名延续过来的。小学的校长、班主任都是日本人，但老师和同学都是中国人（除教日语的老师外）。

　　开学第一堂课学的是"人""口""刀""工""手"，可是第二堂课就开始学习"五十音图"（日语的字母），学校当局从小学就向我们灌输日本殖民地奴化教育。地理、历史，学的都是日本和"满洲国"的，所以年幼的我不知道有个中国，更不知道自己是中国人。当时日本人叫我们"支那人""满人"，我们自称是"关东州人"，令人心酸的是外地人叫我们"二鬼子"，意思是说受日本奴化教育太深，已经被奴化得和日本人差不多了。但不管你是"满洲国人"，还是"关东州人"或是"二鬼子"，毕竟不是日本人，所以照样还得受日本人的歧视和压迫。

　　1943 年我从小学毕业该升中学了，那个时候中学生是男女分校的。当时大连市有"神明高女""弥生高女""羽衣高女""昭和高女"和

"大连高女"等几所女中，除"大连高女"外，其他四所都是从日本学校的名称延续过来的，也就等于是日本高女在中国的附校。当时大连只有一所中国人办的女子中学叫"大同女子学校"。这是一所女子职业学校，相当于职高，在这所学校毕业的学生找不到好的职业，更不用说升大学了。当时大连本地没有女子大学，而且只有日本的中学毕业生才有资格升大学，也就是说到日本去留学，如果中学是日本学校就有可能直接去日本留学。所以当时大连的小学毕业生都想考日本中学。但要想上日本学校谈何容易？首先得有钱交学费，还得日语合格。所以我同班的小学同学有三分之二都没能升中学。

我父亲经商攒了些钱，家境较好，可以交得起学费，我就要求上中学。父亲除了养活我们一家六口（姐姐弟妹）外，还要负担老家爷爷、奶奶、叔叔、姑姑们的生活费，经济负担较重。因此父亲当时就说不要上了，家里有一个就行了（姐姐已经在"昭和高女"上二年级了）。我哭着闹着非上不可，母亲是特别支持我上中学的。在母亲的支持下，我便和父亲展开了斗争。不过父亲确实很不容易。记得那时父亲不常回家，因为做生意经常要在商号里住。为要学费我只好每天去商号求父亲，父亲终于被我说通了。我也没有给父亲丢脸，考上了大连昭和高等女子学校。

"昭和高女"是所地地道道的日本学校，至今日本还有"昭和女子大学"。学校坐落在半山腰上，现在是大连"水仙小学"。说"昭和高女"是所地道的日本学校，是因为它特别日本化。学校建有一座小型的"神社"，学生们早晨上学的第一件事是去神社，向日本天皇进行朝拜。日本的中学与小学就完全不一样了，穿的是统一发给的日本制服。因为同日本海军的服装有些相似，所以大家都叫它海军服。这种制服分三种，一年级有一道白杠，二年级两道，三年级三道。一看服装就能分出年级高低来。学校里大部分是日本学生，一个班中也只有五六名中国学生。在学校一律不许讲中国话，所有的一切就像到了日本一样。这种气氛压得人喘不过气来，时时、处处都得小心，不知什么时候做错了就要受处罚。最令人不能忍受的是日本的礼节。日本的学校，低年级见了高年级的同学和老师必须敬礼问好，所以每天在学校，上学、放学的路上见到比自己高年级的同学必须敬礼问好，一天行不完的礼，道不完的"你早""你好""再见"等问候。稍有疏忽就有可能挨骂甚至挨打。

日本学校学生中午饭必须带大米饭。当时的大连，大米是专门配给日本人吃的，换句话说中国人是没有资格吃大米的，只能吃苞米和高粱米。在日本学校念书的学生，能得到学校专门配给的每人每月 15 斤大米做带饭盒用。如果发现普通中国市民偷吃大米饭，就要被冠以"经济犯"的罪名，逮捕入狱。学校里还有一条规矩使人不能忍受，那就是每个星期都要吃一顿"日之丸"御饭，这一天只许带一盒米饭不许带菜，而且必须在饭正中间放一颗酸红梅，一盒饭白白的，正中一个红梅，就像一面日本国旗一样。目的是叫你吃了这一顿饭不忘日本天皇，不忘所谓的"大和精神"。饭前要静坐，低头祈祷，保佑天皇，保佑日本皇军打胜仗。可是我们班里的中国同学却都在心中骂日本人，偷偷诅咒"小日本快完蛋吧"。

那年我的小妹妹刚刚出生，因当时配给的粮食不够，营养不良，母亲奶水很少（那时连苞米饭、高粱米也都吃不上了，只能吃杂粮和麸子）。暑假时，母亲叫我回旅顺老家一趟，从乡下搞一点苞米面和高粱米回来。我高兴地答应下来，心想就凭我这身日本学校的水手服，带点儿苞米面和高粱米一定不成问题，怎么说也能混过来。可没想到小日本查得真严，我从旅顺回来到大连火车站出站台时，还是被车站的乘警给搜了出来。（当时奶奶和婶婶把苞米面和高粱米缝在一个长筒袋子里缠在我的腰上，藏在裙子里。）我一心想把这点粮食要回来，就哀求他们说是因小妹妹没有奶吃，而不是"走私犯"，也不是"经济犯"，希望他们能照顾一下，我不是做买卖的。他们不但没还给我，还打了我两个耳光。好心的中国乘客都吓得在后面拉我的衣服说快走吧，不然叫他们抓走可不得了。我只好哭着跑回家。从那以后，每个星期在学校里吃"日之丸"时我都舍不得吃完，总要留一点回去给弟妹们吃，我的小妹妹最终因为奶水不够而夭折了。从那时起我更恨日本人了。虽然当时我也穿的是日本制服，也有那么一点点特殊待遇，但还是要受欺压的。

这时已经到了第二次世界大战的后期。日军节节败退，大连的局势很紧张。粮食、蔬菜、日用品等相当紧缺，所以商店里都排出了"满人不卖"的牌子。我们这些穿着日本制服的学生，胸前都挂着写有自己名字的牌子，所以一看就知道是中国人，因此也是在不卖之列。

那时在学校里受气，在商店里受气，就连乘车也要受气。当时大连有两种有轨电车，一种是绿色的新电车，一种是黄色的破旧电车。绿色的是专供日本人乘的，中国人只能乘黄色的破旧电车。我们这些中国学生只有在老师和日本同学的陪同下才敢和他们一块乘绿色的电车。学校有一位教美术的女教师叫分田周子，她家也住在桃源台，她对中国人非常友好，经常叫我和她一块乘车回家。这位女教师是一位和蔼可亲的日本人（1984 年我去日本"花柳千代日本舞俑研究所"学习时，还与分田周子老师见了面。她非常怀念大连的街道，及街道两旁的槐树花），否则我只能乘黄色的破旧电车。但乘这种又破又旧的黄电车是要受夹板气的。这种电车的乘客大部分是中国的劳工和市民，下了班他们经常是穿着又脏又破的工作服乘车，遇上我们这些穿着日本学生制服的女学生经常是开玩笑，或故意往你身上挤，占你的便宜。我们叫这种黄色的电车为 11 号，意思是它慢得和用两条腿走路差不多。所以我们很少乘车，

111

宁愿走回去。

到了1944年，大连的经济情况更糟，一切供应都跟不上，市民的生活没有保障，米、面、菜、肉，几乎断绝。于是社会上就开展了一种叫"勤劳奉仕"的自救运动，一切能利用的地头院边都种上了菜。学校也不例外，只上半天课，学校能利用的地头都种上了蔬菜。我们女子学校还有另一项劳动，就是要为日军缝制军装，每个学生每天都有一定的任务，完不成不能回家。日本人又在市民中开展了"千人针"运动，就是在一条白布长条手巾上用红线绣上一千针，给日本兵系在头上作为"护身符"，保佑他们不被抗日队伍打死。我们女学生每人每天也要绣一条，那时累得人每天腰都直不起来，手痛得连拿东西都吃力，根本就谈不上什么上课了。更让人受不了的是"空袭警报"训练演习，只要警报笛声一响，所有的人就要放下手中的事情到预定的地点排成长队，每人拿一个盒或筒进行救火演习，或者是进行躲防空的演习，警报一响就要往附近的防空洞里钻。人心惶惶，都说战争要打到大连来了，小日本快完了，社会上相当混乱，谣言四起，什么"日本人全家被杀"、什么"资本家全家被抢"等，学校也三天两头停课。特别是1945年初，美国轰炸机开始频繁对大连进行空袭，大连的一些日本人开始回国，一些有地位的人和资本家纷纷往内地躲。我们班里的日本同学和近郊县的同学已经开始退学不来上课了。市内的同学也是三天打鱼，两天晒网，学校管理也不那么严了。

有一天放学，我们几个同学相约到海边去为家里捞点海货改善生活。正当大家有说有笑往海边走时，空袭警报突然响起，紧接着传来飞机的怪叫声，人们纷纷往防空洞里跑。我们几个同学也急忙往防空洞里跑，洞里挤了很多人，而且还积了不少水，但是由于警报响个不停，而且加上飞机向下俯冲的怪叫声，我们也就硬着头皮不顾一切地往洞里钻，当我们刚钻到洞中间时就听到一声巨响。所有的人都急忙抱着头趴下，这时头顶上的泥土被震得往下掉，每个人身上也都湿了，再加上掉下来的泥土、砂石，每个人都不像个样子。我真正尝到了被炸的滋味，但到底炸了什么地方？大家都在猜想。好容易等到警报解除，大家连忙往家里跑。第二天到学校才知道，被炸的是大连"昭和制钢所"，我有一个同学就住在附近，她亲眼看到了被炸的惨状，被炸附近到处散布着尸体，有的就是一条腿，或者一只手臂。

从这一天起学校开始停课，就连街上也不敢去了。我们有些同学连头发都剃成短短的像个男孩。这时日本人纷纷撤回国内，资本家则往内地或国外逃。伪满警察、地下国民党的外围组织也开始暗地里活动，大连市民都感到生命没有保障，我们女孩子更是感到不安，不敢出门。

当时我家养了一条狗叫"来福"，我们都把希望寄托在了它的身上。晚上只要它一叫，妈妈就叫我们几个姐妹爬到房顶的天窗口躲到房顶上（因为当时经常有女孩子被强奸或杀害的事件发生）。而妈妈一个人在楼下值班，怕坏人来抢东西。我每天戴一顶男帽子，提心吊胆地出去为家里购买日用品，或打听一些消息。这时的政治空气和战争气氛压得人喘不过气来，真正感受到日本鬼子的末日就要来了。

1945 年 8 月 15 日这一天，就像《农友歌》中唱的那样"霹雳一声震天响"，大连广播电台突然宣布日本帝国主义全面投降的重大消息。真像一声春雷炸响了全大连市，这个被奴化了几十年的美丽海城，一下子开了锅，人们不顾一切地冲向街头奔走相告，狂呼乱叫，有鞭炮的人家开始放鞭炮，有锣鼓的人家，开始敲锣打鼓欢庆。可是我们附近的日本同学家里却静悄悄的，他们不敢出门。一些同学见到了我们也都低头敬礼向我们道歉说"对不起"。那时候真的感到开心极了，我第一次感到有地位了，自由了。许多日本同学因为没有钱开始在街头卖东西准备回国时，我又生起了怜悯之心。当时有个同学找到我家里，说她要回国了，有一台钢琴带不走，又卖不出去，想送给我。我说不能收，如果她需要钱我可以买她的。她感动得哭着说，因为她不想叫她的琴落在别人手里，如果我能买她就放心了，她知道我是喜欢音乐的。就这样我花钱把琴买下了，一直保存到现在。可惜我后来一直没有打听到这个同学的下落。

"新京育婴堂"的孤儿生活

焦英棠

"新京育婴堂"是在日本帝国主义侵占长春（当时改叫"新京"）时，伪满汉奸、巨商和"社会贤达"等合办的"慈善机关"。它位于现长春市斯大林大街的市图书馆后边（原孝子坟亭），伪满时它的前面是一家日本旅社——大雅庄，后面是牡丹公园。这里有三层楼房，高墙大院，里面主要收容流离失所、无依无靠的孤儿，也有少部分儿童是父母或亲友无力抚养送进来的。成百上千的苦难孤儿曾在这儿受着非人的摧残和折磨，实际上这是一所中国苦难孤儿的集中营。

"新京育婴堂"的堂长是伪满汉奸张海鹏的姨太太马秋帆，实际上管事的是副堂长刘静娴，她是汉奸刘悟诚的老婆。除堂长、副堂长外，还有庶务、文书、会计、保管员等管理人员。

堂里收容的孤儿，凡不知姓的便一律姓刘，而有姓的男孤儿名字的头一个字都用"婴"字，女孤儿都用"育"字。

堂里把孤儿分成三个部分：

第一部分，从初生到三岁前的婴儿，多数是弃婴，约占孤儿总数的

1/2。"育婴堂"初办时大门上挂有一个木箱，长一尺多，宽约半尺，这是预备有人投弃初生的婴儿用的。这种收容弃婴的方法，后来改为由送者直接抱进办公室。堂里的婴儿由两名保姆照顾。

第二部分，三岁至五岁的幼儿，约占孤儿总数的1/3，多数是因父母双亡，无依无靠，由亲友送来的。这里的幼儿与婴儿一样，将来如何处置由育婴堂负责，或送给旁人，或卖给富人，送者无权过问。

第三部分，六岁以上的孤儿，当时很少，不到孤儿总数的1/3。这部分孤儿，有的是从车站、影院及其他公共场所附近收容来的，有的是父母、亲戚无力抚养送进来的。他们在堂内主要是参加劳动，劳动之余辅以学习。

"育婴堂"的维持费主要依靠当时"社会人士"的捐献。我记得那时还有个董事会，其中多数成员是"红十字会"的会员，每逢他们开会，堂里都找孤儿专门打扫庭院和做其他准备。

另外，"育婴堂"附设有一个裁缝厂和一个农场，由堂里雇用几个工人边劳动边做技术指导。孤儿到了一定的年龄，一般是在六周岁以上，男的要到农场，女的要到裁缝厂，帮助干活。孤儿劳动的收益，名义上为堂所共有，实际上大部分被管理人员贪污或浪费掉。

我在幼年由于不幸父母双亡，只得依靠亲戚过活，后来我的一位亲戚把我送进"育婴堂"，所以对堂里的孤儿生活很有亲身感受。

1938年，我刚满六周岁。一天，我的一位姑姑对我说："今天我送你到一个好的地方去，那里有吃、有穿，比咱家强。"见我哭喊着不愿意去，她又用好话哄我说："如果不好，我再带你回来。"这样，我就去了。

一进"育婴堂"的大院，一群愁眉苦脸、面黄肌瘦的孤儿立刻围了上来，使我有些腼腆又有些胆怯。这时，一个管理人员走来把孤儿们吆喝走，领我进办公室去登记、定名，然后又领我去见刘副堂长。我刚被带进堂长室，就看到刘静娴的一副凶煞的面孔，对我怒目而视，使我心里有些害怕，赶忙行了礼。她坐在沙发上吸烟，仅问我两句无关紧要的话，就让我出去了。

管理人员把我交给一位姓关的保姆，孤儿们都称她为"关姨"。堂里保姆少，照顾不了那么多的孤儿，就叫年岁比较大的孩子照顾小的孩子。对每个刚进去的孤儿，保姆也要找一个年岁较大而又懂事的孤儿带领，告诉他吃饭、干活、见客人等"规矩"，帮助他熟悉环境。当时带领我的叫刘育英，我们都称她为"英姐"。

食不饱肚　衣不暖体

堂里孤儿每天两餐：早餐每人一小碗高粱米饭，晚餐每人一碗苞米面糊糊粥；有时中午分一个窝窝头。饭是用发霉的米面做成的，其中掺杂着蛀虫、鼠粪和沙粒；没有菜，有时候给一碗用烂菜叶子做的清水汤或一点点咸菜。

饥饿的孤儿每顿都是把分得的份饭很快地吞下去，然后眼巴巴地站在那里，盼望保姆再给分一点。若这时刘静娴在场，就会对保姆说："别给孩子吃多了，吃多会胀坏肚子的。"

1941年太平洋战争发生后，日本帝国主义对"育婴堂"孤儿配给的食物是豆饼和橡子面。就是这类东西，每个孤儿也是定量的。我们吃不饱，饿得太难受，有时便偷着到厨房里抓豆饼渣吃，或往兜里装。做这事要冒风险，一旦被管事人员发现，就要遭到毒打、体罚，甚至整天不给饭吃。

有一天，一个姓韩的孤儿因为偷豆饼渣吃，被他们发现了，把他打得皮开肉绽，遍体鳞伤，躺了几天还不能动弹。我们孤儿轮流给他送水、送饭，扶他大小便。

与孤儿们的伙食有强烈反差的是，堂里的主事者经常在楼上大摆宴席，时常还有日本人赴宴。刘静娴有个日本亲戚叫白杨，这个人有钱有势，常到堂里来，每次宴席吃的都是鸡、鱼、肉、粉及各种鲜菜，山珍海味，应有尽有。刘的其他亲友来访，也都在堂里请客吃饭，寻欢作乐，甚至让孤儿当小差使，端水倒茶，扫地擦桌。对孤儿他们看了不顺眼，就随便谩骂、脚踢拳打。每次宴席之后，他们倒出的泔水，我们嗅着都喷喷香；有的时候，他们剩下的饭菜倒掉了，孤儿们为了充饥便捡着吃。

孤儿们穿的衣服有两套。一套是平时穿的，都是外边人施给的旧衣服，破了或脏了由保姆给缝补、洗涤，大一些的孩子要自己缝补。另一套是一件粗布做的青上衣和一个白围嘴，这是准备有客人来参观时穿的。每逢客人来参观时，堂里主事的就让孤儿们把青上衣套在破烂衣服的外面，再戴上白围嘴；待客人走了，马上就得脱下来，谁要弄脏一点儿，就要挨打受罚。

孤儿们冬天穿的是单薄的打补丁的棉衣，若出门上一趟厕所，都冻得人直打战。有的孤儿衣裳破了，不能缝补，就披着破上衣，穿着露屁股的裤子过冬。每到冬季，孤儿们赤脚光手在外边干活，手脚都冻得红肿，有的甚至皮肤溃烂。

疾病丛生　尸体成堆

育婴堂的卫生设施很差。虽然在办公室的玻璃柜里面装着大小瓶子的药品，但这都是为堂里的管理人员服务的，也是给参观者当摆设看的。堂里没有专门的医生和护士，孤儿患了病，也不给治疗。

有一年春季我患重伤寒，躺了两个月，时常发高烧，全身酸疼，有时饭水不进，昏迷不醒，后来头发都脱落了。堂里无人照顾我，喝水、吃饭、便溺都靠别的孤儿来帮助。我原来就孱弱的身体受到病魔长期的摧残，原以为终将不保，没承想我命大，居然强撑着侥幸地活下来了。可当时和我躺在一个病房里患同样病的孤儿强婴兴，就没那么幸运了，他病得更厉害。有一天，他难受得抓头挠腮，翻身乱滚，嗷嗷直叫，喊着要水喝。管理人员走进病房，不但不给治疗，不给他水喝，还拿起一块草垫子压在他的身上，使他很快就死去了。这种惨无人道的摧残孤儿的情景，我一想起来就胆战心惊，毛骨悚然。

堂里的孤儿经常患各种病症：拉痢疾、发疟子、出麻疹……尤其是疥疮，传染性很大，几乎每个孤儿都得过，重的从手到脚，全身都是。堂里对孤儿的皮肤病漠不关心，好的时候给点药包上，或给贴上一张油纸，否则理都不理。在冬天，伤口受冻很难好，孤儿们因疥疮满身，皮肤溃烂，不能动弹，疼痛难言。我手上、脚上和腿上留下的伤疤至今尚未平复，一看到它们就想起苦难的童年，更憎恨吃人的旧社会。

年复一年，孤儿们在日本人、汉奸的残害下，死的比活着的多。孤儿们死了用草帘子卷起，放在后院的冷房里，集中多了，便用车运到郊外，埋在大坑里。

堂里婴儿的遭遇比幼儿更惨。在哺乳室，每个小床上都放着两个以上的小孩，吮着小手，大声号叫。婴儿吃的是剔除了脂肪的、兑了一多半水的牛奶，饿得个个是皮包骨；卫生条件很差，尿布不给常换，粪便不能及时收拾，室内充满尿粪臭味。因为营养不足，卫生不好，婴儿患麻疹、肺炎、抽风、泻肚等各种疾病的很多。在我的记忆里，收容来的婴儿除极少数外，大都死了。我们懂得点儿事的孤儿都说："育婴堂，野虎狼，进来了，活不长。"

冬天，堂里把死了的婴儿放在外边冻僵，然后用木箱装起来，等积累多了，一起运走。这木箱是个活底棺材，每次都用它来装成堆的死尸。有一年冬天，早晨起床，外面飘着鹅毛大雪，我被叫到二楼靠婴儿室的平台上拿地板刷擦地。我到平台一看，有个木箱，好奇地掀盖一看，吓得我不禁"哎呀"一声。那里面装的都是死婴，一个一个赤裸裸的，有的腿还折着，有的胳膊折断。我听一个保姆讲，昨天一宿，就死了 12 个婴儿。

繁重劳动　经常体罚

堂里的孤儿凡是到了六岁以上都要干活，每天早晨起来便是扫厕所、扫庭院、擦地板、倒痰盂，收拾管理人员的办公室，甚至给堂长、管理人员打洗脸水、倒便盆，等等。

吃完早饭，女孤儿到裁缝室帮助保姆缝补衣裳、织袜子、做零活，男孤儿则到农场去劳动。

农场在郊区的"绿园"，距离很远。农忙季节，天刚蒙蒙亮，管理人员就拿着大板子或棒子，到孤儿寝室大声叫喊："快起来，妈的，还躺着。"谁要稍微动作慢一点儿，就要挨一大板子，或被踢几脚。大家下地还来不及小便，管理人员就下令站队出发；到了农场又饿又乏，也不让休息就干活。干活的时候，谁要未注意踏倒一棵菜秧或碰掉几个叶，被带队的管理人员发现，就要挨打、受罚。大家一直干到天黑，才让到农场厨房喝一碗稀粥，再往回走。我们拖着酸痛的腿，在寂静的街上走着，心里有无数的苦痛无处申诉。

我们劳动的果实，有的被堂里卖掉，有的被管理人员吃掉。例如农场种的各种蔬菜，养的鸡、猪，拿回来仅供招待客人和给堂长、管理人员享用。

堂里经常让我们干一些力不胜任的活，例如抬煤、抬炉灰、刨粪，等等。当时堂里有一辆马拉大车，让一个年龄比我们大几岁的孤儿王婴保来驾驭。有一天在大街上，马惊车翻，他受了重伤，躺了很久还不能下地。即使这样，管理人员还强迫他继续干活。

堂里的管理人员经常体罚我们，打板子、罚站、罚跪、不给饭吃、关黑房间禁闭，等等，都不鲜见。他们还把劳动作为虐待、体罚大家的一种手段。哪一个孤儿违反了他们的"规矩"，没有听他们的话，或者犯了一点儿小错，甚至只是他们看着不顺眼，就要罚多干活、干累活和脏活。平时派活的时候，也把最累、最重、最脏的活，分配给那些所谓"不听话"的孤儿。有个孤儿于婴学，性格倔强，心直口快，有些蛮悍，管理人员郎德隆便瞧他不顺眼，罚他拿水桶从地下室往上提开水。他刚走上台阶，就滑倒了，连人带水滚下来，手、脸烫伤很重。他们不但不给治疗，还幸灾乐祸地说："谁叫你干活不小心，活该！"这种惩罚性的劳动，引起孤儿们的极大愤慨。为了躲避惩罚，时时发生孤儿逃跑的事件。但是不管跑到哪里，他们都会通过日本警察局把人抓回来，还要受到更重的体罚。

腐蚀心灵　奴化教育

刘静娴的办公室里供着小铜佛，用带玻璃的匣子罩着，她表面信佛，却一点儿善事也不做。在我的记忆里，育婴堂的大堂正中供着一个大肚铜佛，每逢他们开会，都是张海鹏领头，其他人按次序排好，跪在佛像前叩头，还在屋里静坐，请神弄鬼。

每天在吃饭、睡觉之前，管理人员也教我们都跪在地上，把两手合在胸前祈祷佛爷"降福"于我们身上。"育婴堂"的主事者怕孤儿产生反抗心理，不断向我们灌输封建迷信思想，刘静娴就经常说："你们前世造孽，得罪了佛爷，才让你们在世上受苦。"在天真无邪的幼小心灵中播下宿命论的种子。当时确有人认为自己命苦,一切都应当忍受。有的时候,我们也不注意听她的鬼道理,表面上装模作样地听着,实际上心里想着早点吃饭、早点睡觉,因为整天干活,肚子已经饿了,疲倦的身体再也支持不住了。有时候想到自己的痛苦,心里难受,一股热泪涌出眼角。

堂里还对孤儿进行奴化教育。刘静娴经常对孤儿训话,教育孤儿认识到自己是"满洲国人",日本是"亲邦",什么"日满一德一心"啦,"日满协和"啦,"日满亲善"啦,等等。我还记得堂歌里有一段歌词:"满洲国都新京有个育婴堂,全靠大日本,才能幸福长。"当时,"育婴堂"的第三层楼租给日本人住,他们茶余饭后在院子里散步,常用生硬的汉语对孤儿说:"日本的顶好。""大日本帝国和满洲国是一家。"那时候我们似懂非懂,有谁能告诉我们是中国人,有自己伟大的祖国呢?

孤儿们的反抗

"育婴堂"的孤儿来自四面八方,尤其是从车站附近收容来的难童,有不少是从关内来的。我记得有个男孤儿韩婴才,是山东人,管理人员叫他"小山东棒子",他会唱"共产党、八路军,打汉奸,杀敌人","打倒日本帝国主义,中华民族要解放","左权是个优秀的共产党员"……我们听了都很新奇,就问他:"这是从哪学来的?"他告诉我们说:"是从八路军那里学来的。"管理人员发现我们和他接近,知道底细之后威吓他:"不许再唱!如果再唱就把舌头割下来!"后来,这个孤儿就不知不觉地不见了。我们问保姆,保姆偷着告诉我们说:"他被日本警察局抓走了。"

堂里的主事者对孤儿的迫害和摧残,激起孤儿们的愤怒和反抗。年龄稍微大的一些孤儿暗中骂他们是汉奸、吸血鬼和大肚皮;有时候乘其

不备，把他们的茶杯、花瓶、镜子砸碎；把他们惩治孤儿的大板偷走，
扔到厕所里或院子里。有一次刘静娴找不见大板子，就查问我们，可我
们谁也没说。她一怒之下，罚我们全体跪一天。她越惩罚我们，我们就
越恨她。后来她发现孤儿和她作对，就威吓我们说："再这样下去，不
让你们住在这里，都滚蛋！"我们公开说："离开这里更好，省受你的
气！"我们心里知道，她不会这样做，因为还要靠我们这些孤儿来为她
的"慈善事业"招揽名声、钱财，并从我们身上榨取血汗呢。

当然，那时候我们的反抗是极其有限的，恨日本帝国主义、恨汉
奸，也不是因为我们有很高的爱国主义觉悟，而是因为身受迫害和摧
残，想早日脱离这个牢狱，过自由的生活。

从光复到解放

1945 年 8 月东北光复后，"育婴堂"改为"长春孤儿院"，主要收
容幼儿，而主事者仍为刘静娴等。他们不但没垮台，反而乘光复之机，
从日本人那里弄来了不少的被、褥、衣服、布匹、米面，还有一架
钢琴。

光复后不久，宋美龄来到长春。为了表示她对社会"慈善事业"的
关心，假惺惺地到孤儿院来参观。这时刘静娴对孤儿的训话也改变了腔
调，说什么"蒋夫人非常关心孤儿，希望孤儿长大成人为党国效劳"。
我们对她的话并不相信，为什么"蒋夫人"关心孤儿还不让我们吃饱穿
暖呢？为什么还继续摧残、迫害孤儿呢？在国民党统治下的长春，老百
姓的生活没有丝毫改变，我们这些孤儿的境遇自然可想而知了。

1946 年 4 月 14 日，民主联军进入长春，国民党部队被打垮，刘静
娴正是在这个时候被击毙了。不久，民主联军暂时退出长春，一部分年
龄比较大、身体较好的孤儿，如戴婴博、于婴学、温婴豪及一些女孤儿

光荣地参军了。

民主联军刚刚撤离长春，国民党军队便驻了进来，国民党政府派来接收大员把小小的孤儿院也接收了。他们将当时长春市的几个类似孤儿院的"慈善机关"分成三个院：第一院，就是原来的"新京育婴堂"，专收女婴儿。国民党市政府社会局科长贾玉森常住此院，此人奸污保姆，猥亵幼女，新中国成立后已被处决。第二院，设在市政府后边的原日本大庙里，院长是个和尚叫尚果。我被分配到此院。第三院，设在东四道街原来的"博济慈善会"，和二院一样专门收容男孤儿。

在国民党反动派的统治下，我们孤儿的生活依旧是痛苦难言的。就我所熟悉的第二院情况来说，孤儿们住的是阴森、潮湿的地下室，吃的是豆渣粉，穿的是从"救济总署"领来的破烂衣服。1947年长春市发生严重粮荒，孤儿的生活就更苦了。我们每天吃的都是曲子面窝窝头、糠面饼子，就是这类东西，也吃不饱。为了糊口充饥，年岁较大的一些孤儿就去卖报纸。每天清晨，天还未亮，我们几个孤儿空着肚子，急急忙忙，到报社门前去排队；卖完报后，用赚来的钱，买曲子面或糠面饼子来充饥。在这一年里，孤儿们有的逃出卡哨投奔解放区，有的去投靠亲友，也有的自动退院、换院。孤儿院已经是"名存实亡"了。我因身体多病，不能走远道，没敢出卡哨，只是从二院转到了第三院（长春解放后，我又搬回原来的"育婴堂"）。

1948年10月长春解放，我们这些苦难的孤儿终于见到天日。共产党的工作队来到孤儿院，管我们叫小弟弟、小妹妹，还把年岁小的孤儿抱到自己怀里，给我们讲共产党、八路军的故事。他们抢救孤儿的生命，给我们治病，改善伙食、卫生条件。社会上也处处伸出热情的手，关怀、帮助苦难的孤儿，使我们心里感到无限的温暖。善有善报，恶有恶报，汉奸刘悟诚和残害孤儿的恶棍贾玉森，被人民政府依法逮捕，并且处以死刑。

　　根据我的请求，我被转到长春二中念书，学校领导同意我住宿，享受全部公费待遇。从此以后，我永远地结束了孤儿的生活。

一个幸存者的自述

———
王世谊

抗日战争胜利后的1946年，国民党军队占领了东北重要城市长春。国民党国防部保密局（其前身为军统）在长春设立了一个公开的特务机关长春督察处。它从始建到灭亡仅两年四个月，但却犯下了不可饶恕的罪行，其迫害共产党人和进步群众的手段绝不亚于人们熟知的白公馆、渣滓洞。本文作者曾被长春督察处以莫须有的罪名关押、刑讯达两年之久，他的这段经历是对长春督察处罪行的有力揭露。

我从小生在长春，1943年到1944年伪满末期，在伪国立中央图书馆整理图书，做编目工作，从中阅读了一些进步书籍。"九三"抗日战争胜利后，我与一些同学和朋友组织了一个青年读书会。1945年12月9日，长春的进步青年组织召开了纪念"一二·九"学生运动座谈会，我代表青年学会参加会议并发了言。会后，一方面由于生活的驱使，另一方面感到长春也很需要间进步一些的书店，于是就筹资聚人办青年书店。我负责掌握出版物，余廷栋同学负责营业，李景春同学负责总务，

126

韩笑同学负责编辑。书店从 4 个人开始，最多时到过 11 个人，地点就在胜利大街 68 号，原先是一个银行的旧址。书的来源一是来自中苏友好协会，二是来自苏联红军司令部宣传部，三是我们自己印刷发行一部分，四是和其他书店兑换了一部分。因由我们这些同学当售货员，都读过这些书，所以常常向顾客介绍书的内容。

1946 年夏，黄河决堤，淹了河南和山东一些地方，长春市工商会组织募捐赈灾。我们书店里的人商议，决定把当周的星期日一整天的卖款捐献灾区，并画出大幅广告进行宣传。这一天卖款比平时高出二三倍，受到工商会的赞扬。

国民党进入长春以后，三民主义青年团长春本部给我们来了一封公函，叫我们的书店迅速去掉"青年"字样。我们怕引起政治上的误解，即将大部分股金分掉，准备闭店不干了。

1946 年 10 月 11 日半夜，我突然听到敲门声，我起来开门，一伙人用手枪对着我，说他们是警备司令部的，要检查，问王世谊是否在家，我顺口说不在家。经过检查又对我说："我们处长请你去谈谈，请上车吧！"我跟他们从家里出来，见门前和街口都支着机枪。

他们把我带到国民党保密局长春督察处后，开始审问我："你认识王维吗？"我心中明白了一大半，我说："谈不到认识，是一个十几年总不见的小学同学，最近到书店串过几次门而已。"又问："你现在想见见他吗？"我说："如果在这儿，可以见一见。"于是他们把我带到一个大黑屋子里，地当中大沙发上躺着一个人，盖着毯子，好像在睡觉。带我的那个官说："你打开看看吧！"我打开一看，"啊呀！"满头血迹不堪入目，还穿着到书店时的夹袍，好像还有气。又问我："你看是他吗？"我说："好像是。"又问："这回你该明白了吧！"我说："我不明白这里是怎么回事儿？"那个官说："别装糊涂了！"就把我送到牢房。

后来听说，我被捕后特务们穿上了我们的衣服照常开门卖书，来书店办事或打听我的都被逮捕了，我家也被看守了 55 天。

第二天，我被提到一个大屋子里开始过堂。两个特务拿一条麻袋从我头上套下来，之后听脚步声似进来十几个人，第一句问我："你什么时候参加共产党？"并连声喊吓，我说："我从来没参加过，我什么党都没参加过。"接着就是一脚踢在我后背上，连续打我一阵子，几个人接着又诈我，某天某日你说的那些话是谁教给你的了，你和谁到什么地方去干什么了？那天你讲的话怎么和共产党的论调那么一致？等等。见我不承认，他们就又动手打我，边问边打，打得我滚来滚去，几个人竟扯起麻袋角向地上摔来摔去。最后把我从麻袋里倒出来，我见地上有横七竖八的黑红棒子和皮鞭子等。

几天后，接二连三地二堂、三堂……审问我，我吃尽了苦。第二堂是把我绑到床上，脑袋垂下来，揪着头发，把四层的毛巾捂在鼻子和嘴上，用大水壶慢慢浇毛巾，间歇时就问供："共产党哪块好呢？国民党不是比共产党更好吗？我们如果支持你开书店，要比你现在好上十倍也不止。快说吧，不说没有完……"

第三堂是由陈牧（侦审室主任）和李文宣（中校）给我用刑，把我的上衣全脱下，把我吊在房梁上。李文宣开始说："共产党人一向都是有骨气的，不过事到如今应该做新的打算了，谁都是一样，有错抓没有错放的。如今你已经处在分水岭上了，是走活路呢，还是走死路呢？共产党如果要打起内战来，不出多久就会灭亡，英明的应当回头了。""你不愿承认什么，暂时可不谈，一切放宽心，你先说一说和你常在一起接头的都是谁……"我横下心，一声不吭。

我吊在那里脚尖只能接着地，一个勤务兵扯着吊我的绳子，李文宣拿皮鞭子，陈牧拿三股电线拧的鞭子，问一句抽一阵。我膀臂麻木两眼冒金星，逐渐头垂下了，陈牧气急败坏地打我两腮，他打疼了手，嫌用鞭子抽又费力气，竟开口骂我解恨："你不说，没完，有你没我，有我没你……"我不知什么时候完的，醒来时身上火辣辣的疼，躺在地上满身湿乎乎的。回到号里，难友传来王维的话："我在过堂时关于你什么也没说，说对你不了解。"据说王维被捕时拒捕与特务搏斗，头被斧头砍了七处伤；入狱后拒刑，请求枪毙。逮捕王维的特务还是他的老同学。这时王维大约已过了五六次堂，关在牢房里忍受伤痛的煎熬。可我还没到审讯的高潮。我受刑后，自己不能行走，以后过堂是被架出去的，有一次压完杠子两腿疼得不成个了。

第 10 次审讯是半夜 12 点，我被架到地下室，绑在床上，脚悬空，上头灌凉水，灌得喘不过气来，下边用蜡烛烧脚心，像猫咬的一样，灌一阵，烧一阵，问一阵。李文宣说："如果走活路那就痛痛快快的，免去麻烦……"陈牧说："你是糊涂人哪！你以为坚强到底共产党会对你好吗，不用说这儿不会放你，就是放你，如果押你一个长时期后，共产党也不会相信你了……"当时我很想休息一下，趁他们问我的时候，我说："我不行啦……"陈牧说："那你就说吧！"我央求他们扶我起来。他们答应我的要求，忙把我推起来，拿手巾给我擦汗，又给我倒水。陈牧说："你要早一点，何必受这些罪呢！快抽口烟吧，不要着忙……"我坐在床上说："长春是有共产党。"陈牧赶忙问："在什么地方？"我说："就在四马路口。"陈问："谁家？"我说："是四马路口和新民胡同之间。"陈问："是行人吗？"我说："是"，他问："什么记号？"我说："要在正午和下午之间行人最多的时候才能发现。"陈急着问："是什么记号，快说啊！"李文宣在一边说："别忙！别忙！擦擦汗，喘喘气，抽口烟……"停了一会儿陈牧着急地问："什么记号，头句话怎么说？"我说："行人之中就有共产党。但就怕一样——"陈说："怕哪样呢？"

我说："怕你们说过的都不能兑现。"陈说："能兑现，能兑现。我们这儿是堂堂的中央，怎能说了不算？生命、财产不在话下，青年书店明天叫它照常营业……"我说："不是那个问题，担心的是你们能力问题。"陈说："这不会有问题，我们说了就不会做不到，你说吧。"我指着李文宣说，"你不是说你有很高的识别能力吗？那行人中保证有共产党，你们可抓来一个个识别，问我谁是共产党，我不知道！"陈牧一听气得抢起椅子向我砸来，我便昏过去了……白天醒过来，躺在地上浑身是水，脚心还像火在烧，门口站着卫兵，屋里两个特务还在谈论"一乐天"的饺子不如"四五六"的包子馅好吃。

陈牧叫勤务兵把我关进另一个小屋里躺了两天，又把我提上去。我请求不要过堂了，我指着我白毛衣沟纹里的血迹让陈看，衣服都脱不下来。陈牧徘徊一阵，在我背后猛地提起毛衣底襟向上一抖，我吼一声就坐在地上了，血像线一样从前心和后背往下淌……

他们把我送回地下室单独关在一个小屋里。我怕衣服再与肉粘在一起，一直光着身子，过了好多天。两只脚肿得像两个葫芦。十几天后把我送回原来牢房，我一头扑在一个难友怀里，痛苦地沉默了很久。后来有一段时间不再提审我了。

我受刑后脚上烧熟的肉和臭脓血，被医生一块一块地夹到便盆里。20多天以后，脚背是消肿了，换药的时候我看到难友们都替我咬着牙，脚心挖得空空的，黄色的板筋有一指多宽，附近生出很多粉色肉芽。右脚是一个多月长好的，左脚一直到新年还没封口。大小便都是难友帮助，一个月以后我才能爬到墙角大小便。直到春节时才能走路。

新换的看守所长万恶已极，常常不给水喝。难友们夏天盼下雨，好用手接房檐滴下的水喝；冬天盼放风，好弄两个雪团回来啃。饭像猪食一样，一人一勺，一点粉笔头大的咸萝卜块，只能用舌尖舔一下，最后一口吃下去。长年不给理发，头发都把耳朵盖上了。小号不给生炉子，窗户纸也都破了，雪花落在被上。小门只有一米高，戴着脚镣只能蹲着过。而最难忍受的是那些看守们的虐待和精神上的侮辱。

1947 年 6 月间，我接到家中捎来的条子说，如果能凑上五根金条他们可放人。我即写了回条。不久就给我换上了新脚镣，很清楚，这是我没照他们的意图办的一种报复。我想到他们不仅要在我身上升个一官半职，而且还要发横财。

1947 年 7 月初，督察处把我押到长春警备司令部军法处去处理，我被押到康德会馆大楼地下室关押。军法处法官杨植藩是北京朝大法学系出来的，在一次审问中我问杨是不是朝大法学系的？他看看我说："你认识我吗？"我说："不认识，督察处说我 1943 年夏天到八路军根据地去过，实际那时我在北京，正是我考入朝大法学系期间，因筹不上学费没能入学，我从未到八路军根据地去过。"我又对杨法官说："听说你曾解救过一个 15 岁的小孩没被枪毙，多少难友说你好！现在你可不可以给你这不相识的同学解解围呢？"他说："看督察处的材料你的问题很重，又有人证和物证，我救你很困难，你必须提出一些能证明你和共产党没有关系的证据才能行……"我说："能！只不过需要几天时间，得三天。"

最能使我摆脱死难危险的是一个姓牛的同学，他能亲自出来证明他弟弟不是我介绍到山东八路军根据地的，而是在华北当教员。这样，在杨法官的帮助下，我于 8 月 1 日那天被释放出来。

我出来以后，很想远走他乡到松北去，可是因为家中生活无力，并且去松北的条件也不成熟，就住在一个亲属家里。半个月后，我回家去，还没进屋，见李文宣等七八个便衣站在门外，我进屋之后他们就把我看起来了。我对他们说："我是有证明公开释放出来的，还找我做什么！"李文宣说："处长请你去！"我母亲拉着我的手哭喊，但我还是被带走。

　　第二次进督察处，我被关在六号小屋，最初两个多月还不叫从前的难友知道，单独放风；李文宣过了我两堂，都是老套子，我对他们说："如果我是共产党，放出去我早就会离开此地了……"

　　又过了十几天，9月26日，陈牧对看守所长说不许给我饭吃，要饿我几天，所长问他饿我多长时间，陈牧说三天以后再说。第二天，不让我出外放风了。我开始饿得抬不起头来了，渐渐感到活不了了，想在死前留下点什么，于是就用竹筷子往黑灰墙上写留言诗……

　　三个月以后，小六号间新添了一位难友，他在墙上写道："春眠不觉晓，处处闻啼鸟。夜来风雨声，花落知多少。"我给改为"长眠不觉晓，处处闻狗咬。夜来枪炮声，地主死多少"。经我们俩一研究，题目就叫"大革命"或"翻天覆地"吧。

　　1948年春，我又接到家中送进来的条子，说拿出两根或一根半金条都可以出来，我回信打断了家中求亲告友的念头。不久，来提我和王维（王维也转押军法处），说是要送我们到沈阳，我们都半信半疑。我向陈牧提出："我家有老小，我要留言。"陈牧说："别他妈的来这套了！"他叫我写好家的地址，把行李留下。让我们坐上小卡车，后边大卡车满载兵员，奔大房身方向驶去。我想这不是完了吗，看着路旁的楼房和绿树，想到人间真让人留恋，又感到人世间又有如此罪恶，如今自己已到最后的时刻了……汽车过了铁路桥，奔大房身飞机场。

　　到沈阳后，我被押到南站的昆明街81号一个集中营，住在四号间里。一次一个姓石的难友在室外作业中逃掉了。我也产生了逃跑的念头，于是我求难友李中天给我画了一份沈阳市街图，做逃跑的准备。不久，我和王维转到保定街2号的狱所。在一次外出作业中我同一个难友越后墙逃了出去。我坐上三轮到北陵又转向东陵，五天四夜才绕到北三家子。不久，沈阳解放了，即转回长春，结束了我两年零一个月的狱中生活。

一个派遣特务的自述

———

向　真

　　1949 年 5 月初，台北已是炎炎夏日，马路上增添了一些大陆"流亡"到这里的大学生，他们毫无目的地三三两两到处游荡，我，就是这些"流亡"大学生中的一员。在济南路成功中学的门前，我偶然遇到了邹道树。虽然 4 月中旬在上海还经常见面，而今在台北相遇，大有久别重逢之感。他一见面就表功地对我说：如果不是我用一计，你们今天哪会与我在这儿相逢呢？这一突如其来的表功，真叫人丈二和尚摸不着头脑。经他解释，事实原来如此——

　　1949 年 4 月上旬，上海临近解放，在上海的国民党的头面人物，惶惶不可终日，打算各奔前程。唯有上海市国民党党部负责人方治，却在考虑一场政治交易。他想如果光着屁股逃至台湾，如何见他的主子呢？主子即使不责备，充其量也不过当一个光杆儿司令。作为一个野心勃勃的党棍，这岂不是最糟糕的下策。正当他一筹莫展之际，他身旁的秘书邹道树却从容献计说：方书记不必发愁，保证有一批年轻有为的青年跟随书记效忠党国。方治心里十分明白，所谓年轻有为的青年，无非是上海四所国立大学（交大、复旦、暨大、同济）内一些知名的国民党党团活跃分子。然而这些学生已经半年多没有见面了，所谓市党部者，徒具虚名，再不是党团分子麇集之处，各大学的骨干几乎销声匿迹了。

邹道树1948年毕业于上海商学院，当学生时即搞破坏学生运动的勾当，很得方治赏识，所以一毕业，即弃商从政，被市党部选用，成为方治的秘书。邹道树这时为方治谋划说：这事不难，各大学的骨干我都认识，不到三天保证他们都会来找书记。

邹道树到底用的什么办法呢？

大约是在4月中旬，暨大、复旦、交大、同济等30多名所谓党团骨干，都同时收到一封盖有上海学联（进步学生组织）公章的恐吓信，信中大意是："×××你在学校里所搞的一切，我们都是清楚的……等待人民对你们的公审吧！"我也是收信人之一。接到信后，我们惴惴不安，大家不约而同地直奔市党部求援。这一来正中方治下怀，他一张便条将我们介绍给正在上海武进路空军俱乐部招兵的政治部主任，让我们登上装新兵的沿平轮直赴基隆。

这就是邹道树向我"表功"的来龙去脉。

台北有一个商行叫七洋行，在官僚资本家狗咬狗的争夺中，七洋行做了替罪羊，被台北当局封闭，我们到台北后，这里便成了我们的安身之处，一日两餐由台湾省党部供给。后来大陆上过来的学生男女都有，至5月下旬，已有100多人。9月以后，凡有高中文凭者可以到台湾乡村任小学教师。有大学文凭者，可到各中学任教师，唯有肄业生暂时无法安顿。所以至1949年9月还有少数人在七洋行吃住。我是暨大毕业的，经暨大校长李寿雍介绍，至台中装甲兵子弟中学担任教师。

我到台湾是被骗来的，所以，非常想念大陆的父母兄弟。这时，在香港的同学经常转来上海同学的来信，尤其是上海交大好友蒋定富同学的来信。蒋定富原是交大的复员青年军。上海解放后，他是交大新民主主义青年团的宣传部部长，他一再向我宣传共产党的政策，述说上海解放后的新气象。我悔恨自己当初走错了路，开始考虑回大陆的问题。但是台湾各个港口都封锁了，没有特殊关系，根本是走不成的。

1950年元旦放三天假，我到台北看看动静。一个偶然的机会，遇到了1948年光华大学毕业的张丹秋。在上海时，我们经常在金神父路吴绍树所主持的三青团团部见面，但未说过话，而今在台北相遇，真有"他乡遇故知"之感。他见面就问："老兄在何处得意？"我一肚子牢骚正待发泄，于是愤愤地说："当一名混饭吃的教书匠。"说着我们走进附近的"老正兴"菜馆，要了一个包厢。于是我们做了一番决定我命运的交谈。

张丹秋本来是上海大学生中知名的"讲演家"，他口若悬河，滔滔不绝地说："……祖国天地是如此之大，难道我们就情愿龟缩在此弹丸之地，苟且偷生吗？"几句话，使我产生了回大陆的希望，我妄自菲薄地说："我比不得年兄，才智出众，深受上方垂青，而我乃是区区无名之卒。""向大陆要前途！"他打断我的话，斩钉截铁地说，然后煞有介事地左右环顾一下，向我透露了一个"可靠消息"，并愿为我作伐。他说："最高当局，已设有国民党革命行动委员会，专向大陆派遣特工人员，吸收对象均为新鲜血液。我已受训毕业，不久即回大陆。如果仁兄有意，我愿引荐。"不管怎样，我想回大陆，事情就这样说定了。

第二天，我拿了张丹秋的介绍信至台北广州路台湾省警察署报考。写了一篇自传，而后口试，最后要我留下通信地址，等待通知。

1950年1月12日，我在台中接到一封信，说我被录取了。当时我的心剧烈地跳动着，这张录取通知单犹如一张死刑判决书。自己如痴如呆地问自己："你怎么当了特务呢？"可是我已自投黑网，也只能破罐破摔。深夜，我悄悄地带着行李，离开学校，登上开往台北的火车，走向罪恶的深渊。

在台北至淡水的铁路线上，有一个小站叫唭里岸，特务训练场所设在唭里岸的一所小学里。训练时间为三个月。训练时均编号，不准暴露真实姓名。开头 20 天，不准外出。以后每星期天可以外出，但不准在外面过夜。

蒋介石逃到台湾以后，将希望完全寄托在蒋经国身上。蒋经国在指使其亲信打入军队以后，接着便抓特务机构。设立"国民党革命行动委员会"，就是他抓特务机构的一个措施。国民党行动委员会由五人组成：蒋经国、唐纵、毛人凤、毛森和陶一珊。总会设在台北圆山。训练班设在唭里岸。第一期是培养训练班的干部、教员，如有名的特务焦金堂、杨蔚、赵尺子等都是第一期学生，这一期一般不派遣。第二期称为文化宣传班，张丹秋就是二期学生，这一期已开始派遣。

以下详细说说第三期游击队干部训练班（简称游干班）。班设主任、副主任各一人，主任由委员唐纵兼，副主任杨蔚，常驻班内，过去是西北的老牌军统特务。下设三个组：一组负责教务，组长焦金堂；二组负责训导，由一个姓潘的担任组长；三组负责后勤。还设有队部，专管行政生活。队部管辖两个班，一为游干班，一为爆破班。学员的来源主要是大专的学生。如果学员是军统、中统，必须经委员推荐，而后进行训练。蒋介石的内勤或外勤也必须到此分批轮训。其他学员有的由上期学员推荐给委员，由委员介绍入训，借此"纯洁"内部。我即由二期生张丹秋推荐给陶一珊委员，而后由陶介绍。游干班共有 32 人（包括不派遣而受训的"宫廷"人物）。除掉一些常任教员外，还特约一些知名人士，开特约讲座。像过去陆军军官大学的教务长徐培根、军监部的魏汝霖中将，分别讲战略战术、现代化战争等，他们每星期都要上课。另外还有两个日本教师专讲特工的心理战。五个委员经常来主持纪念周。蒋介石也亲自来过两次，我们毕业时他还亲自参加典礼，一把眼泪、一把鼻涕地做了一场表演。

三个月很快过去了。1950 年 3 月下旬开始搞鉴定，学员们按规定写行动计划。所有成员都从不同的角度汇报个人的思想状况。我们面对着来自各方面的审查：有的因为平时沉默寡言而失踪，也有的因在讨论中爱抬死杠而被送圆山禁闭。搞得人人自危，噤若寒蝉。我这个从未沾过特务边的学生，虽然内心恐惧万分，外表却装作沉着自如，终日嘻嘻哈哈。加上我对二组组长"赤诚相见"，将交大同学蒋定富从香港转来的信，全部暴露在他的面前。我采用了巧妙圆滑的手段，终于获得他们好评；加上我以一篇潜伏澄、锡、虞三角地带的游击计划，有纲有领，颇得他们垂青，所以就优先考虑派遣我。

自陷深渊以后，我在生死线上挣扎过三次：第一次在台中，当我面对录取通知单时，曾恐怖万分，想不去，但当时不去就意味着毁灭。第二次是由基隆澳门到香港，我想摆脱羁绊，只身南洋求生，然无门无路，漂洋过海谈何容易。第三次是由深圳至上海途经广州，我想下车向公安机关自首，弃暗投明。但当我在香港按台湾指示，向特务机关报到，并拿到潜回大陆的费用时，反动的投机侥幸心理占了上风，使我继续在罪恶的道路上走下去。

1950 年 5 月 17 日，我潜回上海，住在交通大学同学处。7 月 1 日我设法参加了解放军部队。在这一段当特务的日子里，真好像在油锅里熬似的，似乎千百双眼睛在注视着我，千百张无声的嘴巴在指控我。我又当鬼又当人，表面上我以解放军速成中学的语文教师在讲台上宣传革命知识，暗里我却是一个派遣特务；明里我立功受奖，暗里我还在与香港特务藕断丝连。现实教育了我，部队的"三反运动"给我指明了方向，我排除一切顾虑，彻底坦白了特务身份。从此我拨开了生命中的乌云，重见了太阳。

而今，我虽年近花甲，却仍奋战在教育第一线，从事有意义的工作。我感激党和人民对我的宽大，是党和人民使我走上了真正的人生道路。这种再生之恩，我将永铭不忘。

半个世纪前，熊十力留给我一张便条

阎守瑜

　　著名历史学家阎宗临先生的女儿、上海市金山区侨联委员、上海石油化工总厂退休高级工程师阎守瑜女士保存着一张珍贵的字条，那是大概半个世纪之前，熊十力先生留给她的。2002 年岁末，适逢阎女士到京访亲，本刊记者对她进行了专访。

　　记者（以下简称记）：阎女士您好！熊十力先生的手迹上，写了些什么呢？

　　阎守瑜（以下简称阎）：在每个人的生命中，都会留下许多令人追忆的东西。多少年来，我保存了很多东西，其中最珍贵的就数熊老先生留给我的这张便条了。它是这样写的：

　　乙丑余寓番禺新造细墟黄艮庸家，五台阎宗临教于中大，携眷来乡与老人同住，其小女玉聪明可喜而不肯近老人，老人命之曰讨厌。宗临别去，老人书此付存，俟讨厌长大时示之。

乙丑年十二月六日午后

漆园老人

记： 漆园老人是熊老先生的别号吧？

阎： 是的。熊十力先生是我国近现代著名哲学家、现代新儒家的早期代表。他原名继智、升恒、定中，号子真，晚年又号漆园老人，典岗逸翁。

记： 便签用的是农历纪年，乙丑年十二月六日换算成公历应该是哪年呀。

阎： 1950 年 1 月 23 日。

记： 当时您年纪很小吧。

阎（笑）： 是呀，那时我才 6 岁。

记： 您父亲那时在中山大学教书吗？

阎： 先父阎宗临一生致力于中西交通史研究。早年求教于梁漱溟先生门下，后又曾经得到过鲁迅先生的指导。1925 年在山西乡贤景梅九先生帮助下赴法勤工俭学，经 10 年寒窗苦读，荣获瑞士国家文学博士学位。卢沟桥事变爆发后，毅然携带新婚妻子梁佩云（我母亲）于 1937 年 7 月中旬回国参加抗战。先是执教于山西大学历史系，太原失守后，辗转到广西继续授课著书。抗战胜利后，到广州中山大学历史系任教。

记： 当时您全家怎么会和熊老先生住在一起呢？

阎： 广州解放前夕，因为对时局无法预测，父亲将母亲和我们几个孩子送到好友黄艮庸先生（黄是梁漱溟的侄女婿，熊十力的学生。当时任中山大学哲学系的教授，新中国成立后曾经担任民盟中央常委）的老家广州番禺新造乡细墟村。黄先生家是当地的绅士，房子很大。

当时和我们全家住在一起的还有一位白胡子老人，爸爸妈妈让我们叫他熊老先生。熊老先生经常让哥哥姐姐们把手搓热，为他揉肚子。后来听妈妈说，熊老先生非常喜欢我，每见到我，他总是要把我抱起来用胡子扎我的脸，我很怕。以后，一见到他，就一边说"讨厌，讨厌"，一边往妈妈身后躲。便条中"命之曰讨厌"一句就是这么来的。父亲把我们安置好，就和黄艮庸先生返回广州参与护校斗争去了。

广州解放后，父亲应邀出任山西大学历史系主任。临行前，父母带我到广州当时珠江边上最好的一家酒店，好像是叫作"珠江酒店"，去探望熊老先生，现在想起来应该是去向他告别的。那是我第一次坐升降机，感觉非常神奇。熊老先生的房间也相当华丽，更令我"叹为观止"。当时光顾着四处看了，也没有注意到大人们在聊些什么。在回来的路上，才听父母讲到，熊老先生送给我一担大米。

记：在物资紧缺的情况下一担大米可是相当珍贵的。

阎：是呀。承蒙熊老先生厚爱，我有幸成为那么多兄弟姐妹当中第一个拥有"私人财产"的。

记：和熊老先生在广州分手后，您再见过他吗？

阎：没有。1950 年 8 月，父亲携带我们全家回到了山西太原。第二年大概是秋天吧，母亲带我到北京去探望大姨妈，顺便去看望熊小姐——熊老先生的大女儿熊仲光。临别前，熊小姐送我一幅画，并特意在上面题写了"小瑜清玩辛卯熊仲光"。

记：您当时那么小，熊老先生的便条和熊小姐的画一直保存在谁的手里，是什么时候转给您的？

阎：我父母当然不可能把那么珍贵的东西交给小孩子保存。

我非常清楚地记得，1962 年我 18 岁那年考入山西大学化学系。有一天，父亲非常郑重地将熊老先生写给我的便条和熊小姐的画拿了出来。他说这是一位非常有学问的老先生专门写给我的东西，现在你长大了，应该自己保存它。讲老实话，我当时确实不清楚熊十力到底是何许人也，只是知道父亲乃至我们全家都非常敬重他。他写给我的东西自然要好好地珍藏。看了那张便条，感到这位老先生很有意思，居然叫我做

"讨厌"。

记：您父亲将这张便条作为成人的礼物送给您，具有特殊的意义。

阎：是呀。随着年龄的增长我才逐渐理解了当时父亲的一片苦心。大概是我上大学后的第二年吧，父亲到上海参加高教会议，特地去拜访了熊十力先生。先生一见到父亲便询问我的情况，"'讨厌'现在怎么样了"。当得知我已经升入大学之后，他非常高兴，要父亲一定找机会带"讨厌"去看他。

然而，天不遂人愿。熊十力先生于1968年仙逝了。

记：太遗憾了。

阎："文革"后，我虽然从山西太原溶剂厂调到上海石油化工总厂环境保护研究所，但是再也不可能见到熊老先生这位可亲可敬的长者了，他留给我的只是儿时的印象。

熊老先生离开尘世许多年了，大多数世人都非常敬重他的学问，可这张便条记载的却是他对一个小女孩的关爱。我没有资格写文章回忆熊十力先生，今天的谈话就当给这位大学问家充满生活情趣的风采做一个诠释吧！

面塑生涯

巩 华

　　大清国宣统元年除夕，阜成门内大喜鹊胡同西口，香家园的一个小院里，镶红旗钮祜禄氏郎家，添了一个男孩。因为明儿就是大年初一，孩子的太太（即祖母）给他起名儿叫双喜。他就是后来的面人儿郎，成年以后改名叫郎绍安。

　　据郎绍安的爷爷说，他们钮祜禄氏人在朝中不少，"佟半朝、狼（郎）一窝"么！钮祜禄氏，为什么又姓郎呢，据考证，"钮祜禄"，满语就是"狼"的意思，取谐音为郎。说起家族史，绍安的祖父总忘不了自豪地说："咱家五辈以上，还出过一个正宫皇后娘娘哪！"不过到了郎绍安出生后的年月，钮祜禄氏和大清朝都已衰落。郎绍安两岁时，辛亥革命爆发，清朝皇帝退位，每个旗人的月银禄米没有了，旗人的日子，一下从养尊处优、衣食不愁的天堂，跌入了饥寒交迫的地狱。做生意，不会；卖力气，嫌丢人。放不架子拉不下脸来，只好就穷着、饿着，死要面子活受罪，受不了的，饿死了。郎绍安上面有过六个孩子，连绍安在内，最后剩下哥三个。郎绍安长到六七岁上，就每天跟着他母亲摸黑起大早到广济寺粥厂排队等粥，从三四点钟等到 6 点来钟，一人给一勺能照见人影的稀粥。到他 9 岁时，母亲贫病交加，离开了人世。

家里揭不开锅，不能等着饿死呀！小孩子没那么多顾虑，想法儿赚点钱去吧。郎绍安出了阁的表姐给了他一块钱。他拿五毛钱买了一个竹篮子，一个小盆儿，一个锅盖还有一条手巾，剩下五毛钱，趸来点王致和臭豆腐，沿街叫卖。夏天就卖冰核儿。

郎绍安 10 岁那年，有个在天津办实业的罗四爷，在报上登广告招 10 岁到 14 岁的童工。绍安报了名，去了天津，在"博爱工厂"学石印。那时候当学徒工不但吃苦受累，还常常挨打受气。在那干了一年多后，有一回印新疆图，师傅让他兑黄颜色。他兑完了交给师傅，师傅一看就火了："兑这么浅，怎么使啊？你这个笨蛋！"扬手给了他一个大嘴巴，打得他顺嘴角往下流血。脸打肿了，牙也活动了，晚上饭都没吃。他越想越气，不干了，回北京！翻墙逃出了工厂。

郎绍安出去一年半，两手攥空拳回来了。以后也没有事儿干，整天在街上闲逛。一天，正是白塔寺庙会，郎绍安逛到锦什坊街茶叶铺门口，瞧见一个捏面人儿的，周围站着几个小孩儿看新鲜，他也凑了过去。只见那捏面人儿的揪了三块疙瘩面，红的，黑的，黄的，搓巴搓巴，成了三条。再一搓，拧成一条彩色麻花儿，对头一折，一弯，加上红冠子，就成了一只美丽的花公鸡，拿棍儿一戳，得，给两毛钱拿走。嘿，这钱挣得这叫容易，这营生干得这叫好玩儿！郎绍安一下子就被迷住了，双脚就像被钉在那儿了，一直看到捏面人儿的收摊儿。

这位捏面人儿的，就是赵阔明。当时 20 岁刚出头儿。此人的长相不济：一脸大麻子。别看赵阔明长得丑，可心秀、聪明，而且会摔跤、打太极拳，好交朋友，很有人缘儿。尤其是面人儿捏得好。他擅长捏刀马人儿、动物、水虫。他做出的蝎子能吓人一跳，真的似的。

且说郎绍安看入了迷，回家挺晚了。到家父亲问他："干什么去了，这么晚才回来？"他把所见到的及自个儿的想法一说："我想跟他学捏画人儿，挣钱养活您。"他父亲一听，说："这好办，我认识这个捏面人儿的，他叫赵阔明，回头我跟他说说。"

那年头儿，手艺人不愿意收徒，怕教会徒弟饿死师父。打那天以后，郎绍安就老围着赵阔明的摊子转。瞅他渴了，给他沏碗水；饿了，给他去买吃的；太阳晒着了，帮他挪挪窝儿。把个赵阔明给感动了。后来加上绍安父亲求情，赵阔明就收下了这个徒弟。

赵阔明对绍安什么活儿都支使。学艺，只能靠绍安抽空自己看。没想到郎绍安心灵手巧，三个月过去，就会捏玫瑰花儿、巴儿狗、胖娃娃了。赵阔明不知出于什么心理，他丢下郎绍安，自个儿背起捏面人儿的箱子去了天津了，这一去就是七八年。

师父走了，郎绍安自个儿置了家什、木箱、马扎，开始了他的面塑生涯。他一边捏玫瑰花儿、巴儿狗、胖娃娃、大公鸡卖钱，一边自个儿琢磨。他买来烟卷盒里面的洋画片儿，照着那上面的古装人捏，不像，就到庙里去看佛像。他的手艺，就是这么给逼出来的。

光靠捏面人儿卖不出钱来，十五六岁时，他就常去拉洋车挣钱，家里人等他挣来的钱买米下锅呢。

郎绍安熬到 18 岁上，靠着捏面人儿挣不到钱，拉洋车也觉得不是长远之计，就想去当兵。当时占着北京的张作霖正跟吴佩孚联合起来打冯玉祥。绍安的二哥劝他道："听说马上要打南口了，你别去冒这个风险，那枪子儿可没长眼睛。我看你不如去干消防队。"这么着，郎绍安参加了消防二队，有一回消防队仨月没给饷钱，拖到第四个月才发，一共 8 块钱，还扣了三块五饭钱。

在消防队的三年期间，郎绍安一直没扔下捏面人儿的手艺，一直在琢磨，在练。他的愿望就是：终身以此为职业，靠面人儿安身立命。可是在北京，捏面人儿挣不着钱，他想到外地去闯闯。这时候，青岛到北京来招警察，郎绍安就报了名。

到了青岛，就住在万年兵营，先要受训，三个星期后发给制服。没等到三周期满，郎绍安就夹起小包袱，脚底下抹油，开小差溜了！他哪是想当什么警察呀，他要到青岛来捏面人儿，因为没有路费，他才想了这么个"窍门"！

郎绍安从万年兵营跑到青岛郊区的李村，打开包袱，取出捏面人儿的家什，开始边捏边卖。这是他闯荡江湖的开始。

在青岛一待就是三年。有一回他在一家大饭店门口捏面人儿，被一个大官儿叫进了饭店，大官说要给蒋介石祝寿，让他即席捏一个八仙庆寿。郎绍安毫不畏难，当场捏了出来，颇得那位大官的赏识。这个作品不知献给了蒋介石没有。

1935 年，面人儿郎 26 岁时，他的作品参加了在中央公园（即中山公园）举行的北平物产展览会，市府要人袁良、邢大安、冷家骥等，颁给他一张奖状，上写："评定及格，应给一等奖状。"（这张奖状在"文革"中被他自己烧了。）

28 岁上，面人儿郎成了家。妻子是他一位朋友的妹妹，比他小 11 岁。婚后不久，他就一个人去了上海。

上海，有他的一位朋友，姓胡行五，经胡五介绍，面人儿郎认识了梅兰芳的师叔徐墨云。徐老板在沪开着三个昆腔戏园子，很有钱。在徐公馆里，面人儿郎给徐老板捏了 200 多出戏的面人儿，挣了不少钱。

上海生意好了，他在极司菲尔路荣庆里 116 号找下了房子，然后回北京接妻子南下。面人儿郎很重义气，上海的生意好了，他没有忘记自己的师父赵阔明，把师父也从北京接到了上海（赵阔明老先生 1981 年病逝于上海，终年 81 岁）。

面人儿郎在上海只待了四年。

"八一三"那天，中国军队和日军在闸北打起来了。当时面人儿郎正在徐公馆里捏面人儿。徐老板对他说："上海要打仗了，你火速回家，把女人接到我这儿来吧。"郎绍安急忙往家跑。到家一看，妻子已经不见了。这时候，上海的街道上尽是军队、担架和逃难的人群，许多人往租界里跑。他也随着人流跑，边跑边找自己的妻子。当时天还下着雨，远处不时传来枪炮声。他心急如焚，直到第二天才找到妻子，两人只带一把雨伞躲进了徐公馆，已身无分文。徐老板安慰道："你不用急，我替你想办法。"

徐老板请来十位外国侨民，有男有女，让面人儿郎给他们表演捏面人儿。当然不能白看，每人每小时大洋两圆。外国人挺高兴，他们对面人儿郎的面塑艺术惊叹不已。其中一位说："我们只懂得用面粉做面包吃，而你，却把面粉变成了艺术品。真了不起！"三个小时的表演，面人儿郎挣了 60 元。

从那以后，面人儿郎认识了这些外国人。他们轮流把面人儿郎接到家中，给他们捏面人儿。其中有位伊太太，是美国人，曾经当过北京协和医院的院长。她有个女儿，是北京长大的，会说一口流利的北京话。母女俩都很喜欢面人儿郎的面人儿，几次接面人儿郎到她们家中，让面人儿郎捏耶稣降生，耶稣遇难，圣母玛利亚。每次她们都用汽车接送。

有一回，她们将面人儿郎用汽车接来之后，却没有用车把他送回去。面人儿郎只好走着回去。路很远，深更半夜的，经过一片树林时，突然跳出四个大汉来，迎面一个问道："站住！你是干什么的？"面人儿郎说："我是捏面人儿的。"

那大汉又问："手里拿的什么？"

面人儿郎说："捏面人儿用的工具。"

四个大汉上来搜身，搜去了 80 元钱，抢去了怀表，只给他留下一把小剪刀，一个盛五色面的搪瓷盘。

面人儿郎尽做外国人的买卖，挣了不少钱，惹得一些人红了眼。他又是个外乡人，在上海无亲无故，因此就被黑社会那帮人盯上了。后来伊太太得知了他的这次遭遇后，发动她的朋友们，每人给面人儿郎凑了十元钱。

又过了几天，面人儿郎出门去交货，这是一个外国人定做的《唐僧取经》，做得格外精致，并配好了玻璃罩子。面人儿郎知道，跟外国人做生意，尤其要讲究信誉。他用手托着，走出家门，刚到弄堂口的老虎灶跟前，就听有人冲他说："喂，站住!"

他用眼睛的余光一扫，见是个衣衫破烂的瘪三，就没搭理他，继续向前走。那瘪三又叫道："叫你站住，听见没有，叫你哪!"

面人儿郎只好站下。那瘪三说："过来!"

此时面人儿郎不到 30 岁，血气方刚，是个没事不惹事、出了事不怕事的汉子。那瘪三问："你手里这面人儿卖多少钱?"

面人儿郎赔着笑脸说："这是人家定做的，不卖。"

那瘪三说："今天我偏要买。"

面人儿郎仍然赔着笑说："你要喜欢，我可以再捏一个送你。我就住在本弄堂 116 号，你喜欢什么，我都可以给你捏。咱们是邻居嘛。"

瘪三看他软弱可欺："不要你多说废话，我今天偏要买你手里的。"

面人儿郎说："我说了，不卖。"

这时，又有三个瘪三起着哄凑了上来。先前纠缠的那个瘪三突然飞起一脚，踢在面人儿郎手腕子上。那个装有面人儿的玻璃罩子飞起来落在地上，摔个粉碎。面人儿郎再也按捺不住了，扬起手一去一回，连扇了那瘪三两三个耳光!

那挨了打的瘪三"嗷"的一声怪叫，四个人一齐扑上来，向面人儿郎拳打脚踢。面人儿郎左支右挡，终抵不住四人，被打倒在地，最先挨了打的那个瘪三死死压在他身上。他怒从心中起，瞅准这家伙的耳朵，吭哧就是一口，咬下半只耳朵。

那个瘪三捂着耳朵哭着喊着站了起来，满嘴是血的面人儿郎乘机爬了起来，向后退了两步，等待着一场更激烈的厮杀。

果然，被咬掉耳朵的那个瘪三像头受了伤的野猪，大吼一声："我，跟你拼了！"他的三个同伙也乱喊着："打死他！""不要让他跑了！"

正在此时，有人分开看热闹的人群，走到四个瘪三面前一抱拳："各位老大，请住手，我有话说。"

那几个人果然停了下来，打量来人。此人是谁？就是面人儿郎从北京来上海投奔的胡五，胡五"在家里"（就是加入了青洪帮），而那四个瘪三也是青洪帮的人。只听胡五说道："我这位弟兄从北京来到上海，凭手艺混碗饭吃。诸位有什么话，好说。"

那几个瘪三软了下来，被胡五拉着，进了一家茶馆儿。这场架的结局，以面人儿郎请 12 个人吃两顿饭了事。这两顿饭，一顿西餐、一顿中餐，两顿饭用了 37 块现洋。那时候，一袋洋面才一块九。

这件事情一完，面人儿郎就决定搬家，不能跟这儿住了，因为那 12 个瘪三已然知道他住在哪儿了。

新址选在上海大西路，拉着搬家行李的车刚走到弄堂口，被一个人迎面挡住去路："侬是从哪里搬来的？"

面人儿郎不愿惹事，老老实实地说："从极司菲尔路，荣庆里116号。"

拦路人说："拿三块钱来，放你过去。"

唉，花钱免灾吧。面人儿郎掏了三块钱，拦路人收了钱，吹声口哨，走了。

想免灾，灾还是来了。一天晚上，面人儿郎捏完面人儿回来，正在吃饭，突然临街的玻璃窗被人砸开，紧接着，跳进四个陌生的大汉来。

那四个汉子进屋后一言不发，动手就搜、就抢，什么都要。郎绍安的皮鞋、西装，小孩的毛衣，半口袋白面，全拿走了。

面人儿郎的小女儿郎志英吓得直哭，面人儿郎夫妇俩敢怒不敢言，四只眼盯着他们，等他们走了以后，他妻子才哭出声来："这日子往后可怎么过哟！"面人儿郎说："别哭，哭管什么用！只要这捏面人儿的手艺抢不走，咱就还能挣。"

值得庆幸的是，面人儿郎藏在香烟盒里的 30 元钱，没被歹徒们发现，还能救救急。

这场灾难让那位美国的伊太太知道了。她介绍面人儿郎参加了在城隍庙举行的义卖。参加者要将赚到的钱拿出 30% 交给组织者，用来救济灾民。这么着，面人儿郎手里又有俩钱儿了。

大西路的房子也不敢住了。夫妇俩带着孩子，住进了静安寺附近原"快利"汽车行的废车库。在那儿，他们碰见了一位北京回龙观的朱太太，她是来上海给人当佣人的。说起在上海的不幸遭遇，思乡之情油然而生。三个人一致决定，走吧，别在这儿受罪了，回北平吧！

北平的地界就太平了吗？正是在日寇铁蹄的蹂躏之下，中国同胞在侵略者的刺刀尖儿底下，提心吊胆地过日子。

一天，面人儿郎坐在丰盛胡同西口附近捏面人儿，眼瞅着两辆日本人的汽车开来了。车在一条小胡同前停下，一个汉奸指着那条胡同说："太君，就是那儿，统统的拉肚子！"

一个当官模样的一挥手，一伙戴着口罩儿的日本兵开始挨家砸门，门砸开了，就进去抓人，押出来逼着他们上那辆大卡车。忽然，一个院里传来一个女孩子的哭喊声："别抓我，我没病，我没病啊！"接着，面人儿郎看见两个日本兵拖着一个梳辫子的姑娘从院里出来。那姑娘拼命地挣扎着、哭喊着，那声音听了让人瘆得慌！姑娘再怎么挣扎也没用，终于被日本兵扔上了卡车。

装满了中国人的卡车开走了。面人儿郎明白，这是拉到城外去活埋！在日本人眼里，中国人就不是人！他的面人儿捏不下去了。不行，还得走，离开这鬼地方！

面人儿郎挎着箱子、背着行李，大人孩子一家五口人像是逃难乞讨的，从阜成门来到前门。面人儿郎找块向阳背风的地方，贴着墙根儿，用粉笔头儿在地下画了个圈儿，命令几个孩子："只许在圈里头玩儿，不许出来，出来让车撞着！"他自个儿挎着箱子，奔了打磨厂了。

捏面人儿摆摊儿得会找地方。不能往人群儿里扎，那样让人讨厌，也不能往背旮旯里钻，得找那南来北往都看得见的地方。摊儿一支，五色面往手里一搓，那大人小孩就会吸引过来。他那木箱子上镶着几个铜字："郎绍安承做画人，坚固耐久。"这箱子随他转遍北京九城，面人儿郎的名声也就越叫越响。

不大的工夫，他就卖掉了几个面人儿。挣着钱了就收摊儿，先上前门火车站打了去丰台的车票，剩下的钱，买了几小包儿花生仁儿，几个贴饼子，回到了他画的那个圈儿中。

几个孩子早就等急了、饿急了，吃完了贴饼子、花生仁儿，走人，上火车。

从丰台站下车后，面人儿郎带着一家人直奔一个小店而来。

店掌柜的一见这家子人，跟逃荒要饭似的，有点不乐意收留："住店，得交店钱。"

面人儿郎说："是啊您哪，没想白住。"

掌柜的说："你们有钱吗？"

面人儿郎最恨人家瞧不起他，但他不露声色："到时候准给您就是，您要不放心，先把行李押这儿。"掌柜的瞟了一眼他的行李，一床破被，值不了几个大子儿钱。又问："你是干什么的？"面人儿郎说："捏玩意儿的。"他偏不说他是捏面人儿的。掌柜的捏着鼻子留下了他们。

第二天一早，面人儿郎就在店门口支起了箱子。他想让店掌柜的瞧瞧，他怎么挣钱。

店掌柜的还真瞧着他呢，说："就这玩意儿，能挣出钱来？"可转眼间，面人儿郎就让人围上了。工夫不大就挣了八块钱。当下，他拿出四块来给了掌柜的。掌柜的脸一下子红了，没说话。

面人儿郎一家在丰台只住了两天，挣了点儿钱就又踏上旅程了。从丰台去了保定，后来辗转去了沈阳、怀来、张家口……一站一站，全家人一直流浪到包头。面人儿郎的名声和他的面人儿留在了京包沿线的每一个镇子上。他的手艺是精湛的，他塑造出一个个精致美妙的艺术品，可全家人却过着凄惨悲凉的生活。他们全家六七口人，只有一床被子。生意好的时候，一家人就饱餐一顿，馒头就熏鸡。生意不好，全家人就大眼瞪小眼地饿着。有时候，投宿在客栈里，有时候露宿在庙台儿上，被夜雨浇醒……

北平解放前夕，面人儿郎回到了北平。新中国成立后，随着中国这古老国家命运的改变，面人儿郎也开始了新的生活。

一天，面人儿郎在西四丁字街摆摊捏面人儿，来了一位主顾，要面人儿郎给他捏一出《小女婿》。可面人儿郎一次没看过，香草长什么样，田喜儿哥什么打扮儿，他全不知道。可他不愿意说"我不会捏"，就说："一个人儿五毛钱。"他希望对方嫌贵就不要了，没想到对方一口答应："行。"

面人儿郎平生最守信用，答应人家就得给人家捏出来。当下他收了摊儿，奔了戏园子，花了八毛五买张票，听《小女婿》去了。人家是品唱腔儿、听戏词儿，他是看剧中人的行动做派、衣装打扮儿。散了戏回到家，连夜把客人要的人物捏了出来。两小面人儿卖一块钱，真是赔本儿赚吆喝。可面人儿郎觉得不亏：他的学艺又向前迈了一大步。后来，他以老北京各行各业为题材，捏了不少剃头的、拉洋车的、卖馄饨的、拉洋片的。这些作品不仅是艺术品，也是珍贵的历史画卷。

在西四丁字街捏面人儿时，他的手艺被戏曲改进局的张墨元教授看上了，把他请进局里捏面人儿，按临时工待遇，每天两块钱工钱。在当时，这可算是高薪了。戏曲改进局的负责人是个延安时期的老八路，他瞧郎绍安一个捏面人儿的比他这个老革命挣的还多，就要给他减工资，减成每月400斤小米，合40块钱。郎绍安不干，就离开了戏曲改进局。从这以后，郎绍安的日子就不那么顺当了。

先是派出所找他，给他封了个"官"儿：卫生小组组长，管街道上的打扫卫生、消灭老鼠，都是尽义务，没工夫捏面人儿了。

紧接着是工商管理部门的刁难。一天，一位姓刘的干部把街道上各种小贩集中在一条小胡同里开会，挨着个儿问，登记，发给许可证什么的。到面人儿郎这儿，那干部问他以什么为职业。郎绍安说，我是捏面人儿的。那干部问："捏面人儿？一个月得用多少斤白面哪？"郎绍安说："五斤。"那干部一听就摇头了："拿五斤面捏着玩儿？这不是糟践粮食吗？不行！"

郎绍安一听，脑袋轰的一下，像挨了一记闷棍。这不是要砸我的饭碗吗！不让捏面人儿，一家人吃什么？他越想越心窄，越想越觉得没活路，回到家，他拿出一包子铅粉就吞了下去。那铅粉是他捏面人儿用的颜料，有毒。

郎绍安的二女儿郎志丽发现后赶快叫人："不好啦，我爸喝毒药了!"

福绥境派出所的民警闻讯赶来,和邻居们七手八脚,把郎绍安送进了人民医院。经医护人员抢救,命被保住了。后来派出所的干部还来看他,给他送来些鸡蛋和五元钱,让他买点好的吃,补补身子。待他出院以后,派出所又给他五元钱,让他当本钱做点小生意。往后,他就在白塔寺宫门口卖起了烤白薯。这是1953年的事。

郎绍安卖烤白薯时,唯恐荒废了手艺。白塔寺附近就是鲁迅故居,有个李主任跟郎绍安不错,就把自个儿的口粮省下来,让郎绍安练手艺。郎绍安白天卖烤白薯,晚上回来捏面人儿。面人儿郎成了"业余艺人"。

1955年,电影《智取华山》在京上映。郎绍安看过这场电影后心情久久不能平静,回来后创作了一组面塑《智取华山》,再现中国人民解放军的英雄形象。这幅作品后来被拿到中山公园展出了。这是他的作品第二次在这个公园展出。

一天,朱老总来到中山公园观看展览。走到面塑《智取华山》跟前他站住了。用面塑艺术反映现实题材,当时还不多,就是在郎绍安的面塑艺术生涯中,大型的现实主义题材的作品也是有数的几个。当年在上海,他塑过《孙中山葬礼》。他的大量作品是戏剧中的人物,尤其以动物、花草见长。他曾经把面塑作品《玉米蝈蝈儿》赠送给西哈努克亲王。朱老总非常欣赏郎绍安塑造的英雄形象。他问工作人员:郎绍安是干什么的?工作人员如实回答:"是个民间艺人,现在卖烤白薯。"朱老总一听很生气:"不像话。应该让他归队。"就这样,郎绍安才成为一名国家正式的艺术工作者。

郎绍安后来见到过朱老总一次,那是在1956年8月,他已经归并到王府井工艺美术服务部了。在北京展览馆的一次展览会上,郎绍安在现场做面塑艺术表演,朱德、郭沫若等人来到展览馆,观看了表演,郭老还花了两元钱买去了郎绍安的《李密挂角读书》。

"文革"后期，郎绍安还没被解放，在工艺美术工厂挖防空洞。后来朱老总到厂里来了一次，又问起了郎绍安的情况。朱老总走了之后，郎绍安才回到车间，重新开始捏面人儿，并带了几个徒弟。可惜郎绍安无从知道其中的细节。

我们敬爱的周总理也曾给过面人儿郎以关怀。

就在 1956 年 8 月那次展览会上，王府井工艺美术服务部的苏经理陪着一男一女两名英国人来观看郎绍安表演。郎绍安当场塑了一个《霸王别姬》，并把"楚霸王"送给了那个男的，"虞姬"送给了那个女的。那位英国女人非常高兴，连声道谢，并且说："几天以后，我将拿着她在伦敦迎接你。"郎绍安当时没明白这句话的意思，没想到五天以后，他就真的动身去英国了，那是国际贸促会组织的。捏面人儿的能出国？郎绍安过去连想也不敢想啊！《北京日报》发了消息，醒目的大标题是：卖烤白薯的出国了！不知是哪位漫画家还配了幅漫画：一架飞机在天上飞，飞机顶上坐着一个捏面人儿的。郎绍安一看就乐了："要这样，还不把我掉下来摔死！"

在伦敦展览会期间，面人儿郎每天表演三次，每次一个半小时。每次表演，他身边的观众都是里三层外三层的。当地报纸登了他的大照片，还写了文章介绍。有位英国老太太，当年到过中国北京，对北京的各种民间工艺非常感兴趣。听说有个捏面人儿的由北京来到伦敦，说什么也要来看看。大热天的，坐火车赶来了。到这儿一看，不巧，正赶上面人儿郎休息去了，不在。哎哟，不得了啦，她一着急，就昏过去了！北京的工作人员一气儿忙活，总算把老太太弄醒了。面人儿郎这个感动啊，不仅送了她俩面人儿，还把他从北京带来的茶叶也给了这位老太太了。老太太满意地走了。

回到北京，已经是满城叶落的深秋了。天气凉了，该换季了，面人儿郎却没有御寒的衣裳。原来，他妻子以为他这一出国，就能发大财呢，就把丈夫头年冬天穿的棉衣裳改给大儿子了。面人儿郎气得跟她嚷起来了。嚷管什么用啊？

面人儿郎同院有个姓时的街坊，是房管局的干部，听见了郎家两口子嚷嚷，就拿着自个儿的一件呢子大衣过来了："老郎啊，别着急，慢慢想办法。这么着，我这儿有件儿呢子大衣，我穿不着，搁着也是搁着，您先穿着上班吧。"

不等郎绍安推辞，老时搁下呢子大衣走了。晚上，老时又过来串门儿，手里拿着两张信纸，对郎绍安说："我替您起草了一封信，把情况向上边反映反映。我这就给您念念，您要是同意呢，我就替您发出去。您要是不同意呢，咱就拉倒。"

郎绍安说："那敢情好，您就念念吧。"

老时把信念完，郎绍安一听，是这么回事，没夸大没缩小。就问："您打算把这封信寄给谁呀？"老时说："周总理，国务院总理，周恩来。"

"哟！那，行吗？"

老时说："行，没问题。"

信发出去以后，面人儿郎心里一直惴惴不安：这么点子小事怎能打扰总理？没过两天，一辆小汽车停在了王府井工艺美术服务部门前，下来两个干部，来找郎绍安。

进来这两位同志是周总理派来的，其中一位就是徐向前同志。徐向前首先询问了郎绍安的困难情况，然后拿出 120 元钱来，说："这是周总理让我给你送来的。总理说，有什么困难尽管向政府讲。"

郎绍安拿着这 120 元钱，激动得双手颤抖，半天没说出话来！一个普通的民间艺人，一个捏面人儿的，生活上有了困难，国家总理帮助解决！这要在旧社会，冻死、饿死，谁管哪！直到今天，郎绍安老人提起这件事儿还觉得自个儿短了点礼：怎么也应该当面谢谢总理，谢谢徐向前同志啊！

20世纪60年代初，郎绍安调到了西四彩塑厂，在那带着五个徒弟捏核桃面人儿，出口日本。那时候面人儿郎岁数还不甚大，眼神儿好，精气神儿也足。那核桃里的面人儿要求更精致，核桃壳才多大呀，那面人儿只有三四厘米高。眉眼具悉，还要塑出钗裙服饰来，艺术价值极高。那些年，面人儿郎和他的徒弟们没少为国家创汇。

1975年，军事博物馆要制作一个红军爬雪山过草地的大模型。"雪山"做出来了，没有人。按照那个模型的比例，每个"人"只能有六七厘米高，泥人做不了。于是他们想到了面人儿郎。

面人儿郎带着二女儿参加这个模型的制作，一个个征服雪山草地的红军战士，通过面塑艺术的形式反映出来了。为这个模型面人儿郎父女俩干了好几天，捏出的面人儿价值700余元，但面人儿郎分文不要。

在技术上他毫不保守，谁去他都教。他的面人儿谁张嘴要他都给。1988年夏秋之季，他的脚外伤感染老不封口，住进了中日友好医院，几乎所有的医生护士都得到了他的面人儿。

面人儿郎1979年因身体不好退了休。他老伴儿于这年年底去世了。八个儿女都成家另过了，平常都上班，假日里来看看老人。老人独自住在西城一个大杂院的小套院里，两间小房，很是寂寞。他还想教些个徒弟，尤其想教几个残疾人徒弟，给他们一个安身立命的本领。他还想用面塑再现老北京的民俗，如旧时代出殡的，娶媳妇儿的，棺材花轿，吹鼓手，扛幡儿打执事的，放鞭炮、撒纸钱儿的……他说："这些个，现在的青年人没见过。我不愿意把我的手艺带到棺材里去。"

面人儿郎老骥伏枥壮心不已，面人之花盛开京城。

我的第一件"的确良"衬衣

————

刘心格

　　20世纪70年代初，在我们那里穿"的确良"服装是一种时髦，听人说这种布不易褪色，久洗不皱，挺括凉爽，所以很受人们青睐，加上买"的确良"又不要布票，更使百货公司每卖一次"的确良"便有人半夜起来排队，因数量有限，城里人挤破了店门也难买到，有头脸的领导可以内部照顾，像我这样在乡下卫生院工作的人，只能心安理得地穿皱巴巴的棉质衬衣，穿"的确良"衣服只能看成是一种奢望。我们卫生院有两位上海毕业的医生，他们穿"的确良"衣服，就是潇洒，显得气质不同。这令我和公社干部们羡慕不已。我试着请他们帮我在上海买点"的确良"，但回答是：在上海买"的确良"要凭工业券购买。按当时的低工资，每个月干部职工所发的工业券要二三个月才够买一件"的确良"衬衣。于是我也就死了这条心。

　　一个意外的机会，使我穿上了第一件"的确良"衬衣。提起这事，就得从一次手术谈起。那是1973年初夏，我们卫生院来了一位初产妇，刚好县里巡回医疗组有一位助产士在院指导工作，就和我院的一个老助产士一同为这位初产妇接生，一天一晚过去了，婴儿没有生下来。还出现早期破水，子宫口不开，强烈的子宫收缩，造成先兆子宫破裂症状。当时卫生院医疗条件很差，两位有经验的助产士立即打电话请县医院派救护车，不巧唯一的一辆救护车去了赣州。情况紧急，只好动员家属借了一辆板车，请几个年轻人推着产妇往县医院送。走了不到半小时，瓢泼大雨倾盆而下，正当大家为路上的产妇担心时，几个年轻人将产妇推回卫生院来了，说雨大难走，此去还有50多里路，发生意外怎么办？顿时大家都紧张起来了，因为这位产妇的丈夫是现役军人，广州某部队的指导员，他母亲是一位土改时入党的大队妇女主任，这种背景在当时非同小可。院长很快向公社请示汇报，分管卫生的汤副主任带几个人到卫生院召开会议研究办法，会上大家的意见是：卫生院条件太差，要赶紧转院到县里或矿山医院。我当时没有发表意见，因为我是外科医生，对妇产科比较生疏。

　　散会后，汤副主任和产妇的家婆到我房间单独找我谈话："刘医生，你有什么好的办法，请谈谈……"我一时不知所措，只好直说："这种情况要尽快剖腹产。"他立即说："那你可以大胆提出来，马上就干呀！"我说："在这里，不是这么简单的！"他说："有什么复杂呢？"我说："一是人手不够，二是器械缺少，三是没输血输氧的设备，万一出了问题，谁担当得起啊！"这时产妇的家婆站起来拍着我肩大声说："出了问题我负责，我是一个老党员，也是孩子的娘，我相信你，万一有什么事，保证不找你的麻烦。无论如何先保住大人，小孩以后还会有的。"汤副主任接着说："刘医生，我知道你有这个功夫。思想开了窍，放下包袱就没问题，曾指导员母亲的表态是算数的。我也表个态吧，你大胆干，救人要紧。"是的，"救人要紧"！这句话触动了我的神经，部队生活的磨炼，多年党的教育加上年轻气盛，一鼓动，我的劲头就来了。

"好吧，我们马上就动手"。然后给产妇做了必要的检查及化验，发现生命指征尚可，于是自发成立了手术抢救小组，全部器械也不过是一个简单的辅助包，立即消毒，我洗手上台主刀，助产士做助手，县医疗组的同志在台下负责监察产妇和准备抢救婴儿。我按古典式剖腹术，迅速分层切开腹部，见子宫表面已凹陷，只剩浆膜包裹，切开浆膜肌层已破裂，大量血水和羊水涌出，又没有吸引器，只能用大纱布蘸吸，我将婴儿提出，剪断脐带交给台下的人后，快速向子宫直接注射宫缩剂，并用纱布压迫渗血面，紧张地问台下医生血压情况，回答说："降幅较大，但还有90多单位，已加快输液并加注了高渗葡萄糖。"我轻轻地将已破损的胎盘分离下来，交给台下助手，眼睛扫看了一下台下的助产士正在口对口给婴儿做人工呼吸，我心想，"婴儿可能完了"，便集中精力修补破裂的子宫，不一会儿修补完毕，趁清点纱布之隙，请护士帮我擦擦满额的大汗。突然"哇"的一声，婴儿的哭声传来，我全身一热，心里像开了花一样兴奋。哭声也给大家注射了一针兴奋剂，整个手术室一片欢乐，"哟，这家伙真是命大呀！""快包上，称一称……六斤少一点。"这是人世间最和谐美妙的一支合奏曲，是生命诞生的乐章。

术后第三四天，她的丈夫、一位年轻的军官回来了。我在产妇病房看到了他，他豪爽地说："刘医生，辛苦了，感谢你呀！我们都是当兵出身的，我喜欢你的性格，敢想敢干。"我笑着说："这是大家齐心协力的结果，还有毛主席老人家保佑，如果真出了问题，我吃不了兜着走！"他大笑说："哪里哪里！实事求是嘛！现在公社卫生院也可以做大手术，家乡变化真大呀！"我心里想：这种手术也不算大手术，他还真不知道我是把驴当马骑哩。

产妇出院后不久的一天，我在墟上碰见了她母亲，她拉我到她家去，我说："下次来，我今天有点事。"她说："我儿子明天回部队，媳妇的刀口也有点小问题。"我说:"等我回卫生院拿出诊箱。"她说:"先看看再说。"我只好和她一同到达她家中。她忙忙碌碌地将水果糖和土点心摆满一桌子,她媳妇满脸笑容地抱着婴儿走出来,虽然脸色有点苍白,但精神很好。我也站起来看看婴儿,黑溜溜的眼珠,没有经过产道压迫的头部显得分外圆圆的,很是可爱。我问她刀口有什么问题?她说:"没有呀!就是有时发痒。"她家婆接着说:"我不说有问题,你今天就不会来我家里。"大家一阵欢笑。我问男主人,"为什么这么快就走?"他说:"部队战备很紧,我只请了半个月假,不能超过。"他接着说:"我真不知道该怎么感谢你才好,你要不要军皮鞋?"我说:"不要不要!不要客气。"他说:"这没有关系嘛,我这件军装就给了公社武装部长,大队民兵营长还吵着要一件,我回部队去想办法。"当时,"的确良"军装是最时髦的服装,我不由自主地啊了一声,问他:"部队可以买到军装吗?"他说:"不能买,但我可以请司务长想办法去搞一件。"我又问他:"广州'的确良'布好买吗?"他明白了我的意思,说:"你要的话,我一定想办法帮你买。"我说:"太好了,你给我买六尺'的确良',就比什么感谢都更使我高兴了。"他说:"那好办,我一定要给你买六尺,要什么颜色呢?"我说:"天蓝色的,钱我现在就给你。"他说:"钱由我负责,你就不要管了。"我说:"曾指导员,你这就不像真帮忙了,我怎敢白要东西呢?这不明摆着叫我去犯错误吗?"他思索了一下,说:"好吧,这里多少钱一尺?"我说:"听说是一元七角钱一尺,加上邮费,我给你 12 元钱。"他收了我 10 元钱(大约我每月工资的四分之一),无论如何不收这两元零头。接着,就开始吃饭了,他母亲请我坐上席,我推辞半天,只好和她平坐上席,大家用小饭碗盛饭,而我的面前却用大缸碗,盛满了一碗饭,她说:"这是她们家的规矩。"我只好入乡随俗了。没有扒几口饭,我就发现自己的饭碗中埋藏着东西，用筷子一翻，一只大鸡腿和三个油煎荷包蛋，我说："真不好意思，我搞特殊化了。"他们笑着说："吃不完就要罚。"三十几岁的我，平时一个月只有三两油、半斤猪肉定量，倒也练成好胃口，果然全部报销了。

半月之后，公社邮电所叫我去领包裹，彼此都是熟人，签个字就将小包裹给我了，拆开一看，是六尺"的确良"，淡淡的天蓝色，平整整、凉爽爽的，还有一张信纸，简单地写了几行字，我高兴地将"的确良"紧紧抱在胸前，什么言语也表达不出当时的愉悦心情，那种酸酸甜甜的岁月、那种友爱和诚信以及激情燃烧的岁月，至今难忘！

在老挝当"猪倌"

谭 飞

20世纪60年代末，世界革命风云变幻，我有幸来到老挝热带丛林，一待就是两年，个中体验终生难忘，养猪便是其中之一。

那时虽然紧张艰苦，但为了保障基本生活，后勤部门总是定期或不定期地从国内运来生猪。

由于环境特殊，连队一般不设"专职"饲养员，猪由各班派人轮流喂养，一个班喂一个月，赶上猪多就麻烦点，碰到猪少就轻松些，每月1日准时"点名"交接，体现了公平、公正的原则，大家都锻炼锻炼，符合"轮战"精神。按实足年龄算，我当时不过17岁，既蒙领导信任自然热血沸腾、信心十足，心想：这点活儿连玩带干就办了，用不着一不怕苦二不怕死的。于是，毫不含糊走马上任。"猪倌"也是官。

猪圈在伙房下面三四十米处，地势平缓，树大林密，朝上看去，枝繁叶茂的树冠如同巨大的锅盖扣在头顶上，遮天蔽日，难见青天，非常闷热。太阳光透过林木间少有的缝隙，一缕一缕照射进来，风吹摇曳，影影绰绰，给这个原本昏暗的地方平添了几分阴森与可怖。

163

在热带雨林盖猪圈有点学问，顺着山坡，五个猪栏一字排开，巧妙利用树干和圆木做支撑，像云南的高脚楼那样架在离地面一米多高的半空中，如同空中楼阁，上下通风，可防止雨水冲刷，相对保持干燥和卫生。每根立柱表面均用罐头皮剪成锯齿状加以包裹，锋利的齿尖一律向下，再抹上黄油，滑溜溜的，能够防止毒蛇野兽攀爬。当然，要确保万无一失是不可能的，大型肉食动物根本不用费劲爬，一蹿就上去了，如虎、豹之类。遇到如此"歹徒"，只能任由所为，总不能把个猪圈搁在树梢上吧！

猪是从云南运来的当地土猪，塌腰垂腹、耳长腿短。此猪个头儿虽小，速度极快，能爬善钻，弹跳力强，性子急、脾气坏，又啃又咬，野性十足，完全不似北方的良种大肥猪，温顺柔和，憨态可掬。它们时常不甘"囚禁"，跃出圈外，摇头晃脑四处闲逛，如遇惊吓更是蛮劲大发，集体"越狱"，虽获自由并不走远，化整为零，在附近林子里徘徊。

猪是运来了，一个个活蹦乱跳的，可饲养成了问题，哪来的饲料？炊事班泔水桶里那点稀汤寡水的玩意儿，根本不够这帮"饿死鬼"塞牙缝的。可又不能来多少消灭多少，总得有计划地改善伙食。好在前人早有现成经验，就地取材，可以用芭蕉秆喂猪。

芭蕉秆粗壮、细嫩、层次分明、水分充足，剁碎煮熟后味清香，猪爱吃，营养说不上，反正饿不死。

砍芭蕉秆是个苦差事，隔三岔五就得来一趟。起初是在近处山洼里砍，满满一卡车芭蕉秆，有个十天八天就所剩无几，可见猪肚子里也没油水，只好拼命拿它充饥。那么多单位，你砍我也砍，近处找不到就往远处寻，结果越砍越远，大卡车一跑就是几十里。只要望见一片芭蕉林，人们就像吃了兴奋剂，管它有路没路、毒蛇蚂蟥，上刀山下火海也要把它弄回来。赶上雨季干这活儿就更苦了，早出晚归，既要爬山，又要涉水，滚得个个像泥鳅。

猪身在外，心系食槽，按时就餐，断不会忘。时间算得精，钟点掐得准，只要到了喂食的当口，不必呼唤，拿棒子一敲木槽，所有"散兵游勇"都用最快速度狂奔回来，你踩我踏、连抢带夺、猛吃猛喝。"酒足饭饱"，一哄而散，真是来得急、去得快，不吃白不吃。

上任伊始，我是干劲十足，清点猪头，计14口，八头在圈里，六头在野外。按照班长交代，要做的第一件事就是熟悉情况，把每头猪的体貌特征一一记牢，烂熟于心，什么"黑脑袋""短嘴巴""花屁股""烂眼边儿"，有名有姓，以便随时清点，做到"齐装满员"。猪喂得好坏与否姑且不论，最起码不能跑了、丢了，越养越少，因为这是连队财富、公家财产、百姓血汗！

接着，甩开膀子大干起来，伐木劈柴、担水烧火、剁芭蕉、挑泔水、煮猪食、起早睡晚，风里来雨里去，一身汗一身泥。解放鞋烂得露出脚指头，塑料凉鞋破得成了拖鞋，索性打起赤脚来回跑。有时累得大锅里煮着猪食就在灶膛前睡着了，被炊事员背回宿舍都没醒，着实苦不堪言。

有一种不知名的小老鼠可恶至极，夜间行动，专门咬猪。它们长得尖牙利齿，面目可憎，毛色灰暗，动作敏捷，吃猪肉、喝猪血，作威作福，穷凶极恶。说来也怪，每当它们狼吞虎咽的时候，被啃食者却像有人给挠痒痒似的，舒舒服服、哼哼叽叽，丝毫没有痛苦的感觉，完全是种享受。据说此鼠唾液里含有麻醉成分，先打"麻药"再动"手术"，难怪不疼。不少猪被咬得残缺不齐、浑身是伤，甚至任由这些阴险的家伙挖地道般在皮肤上开个洞，钻进体内掏来掏去。时间一长，感染发炎，溃烂生蛆，惨不忍睹。

尽管每个猪圈都有防护措施，又是包铁刺又是涂黄油，别的东西是上不来了，唯独对付不了这小老鼠。它们的小爪子就像安了"风火轮"，任凭荆棘丛生、溜滑如镜，走起来一概轻松自如、如履平地，想来就来，想走就走。白天躲着睡大觉，晚上溜过来乱啃，好不自在。

据说各单位都拿它没办法。

这种罪恶行径简直令人恨之入骨。可手头上既没捕鼠工具又无毒鼠药，琢磨了半天也不知该怎样对付它们。最后，一不做二不休，还是拿出自己的惯用"武器"——弹弓。这玩意儿虽做不到百发百中，偶尔打在猪身上会伤及无辜，但也比让老鼠稀里糊涂咬死强。

为了成功实施猎杀计划，我做了认真准备，抽空儿搓了不少小泥球，放在锅台上烘干，作为子弹，又在泥地里铺上木头形成通道，防止走动时"呱唧、呱唧"响声太大；每个圈都在不同方向上钉块踏板以便站立。

一切就绪，行动开始。

半夜，首先把自己捂得严严实实，再抹上避蚊油，开始蹲守。手电筒的光柱从每头"死"猪身上慢慢划过，不多时，一个黑影鬼鬼祟祟溜了上来。灯影里，两只小眼睛泛着白光，粉红色的小鼻头一耸一耸，贪婪地抽动着，轻轻一跳上了猪蹄子。好机会！看得真切、瞄得准确，狠狠一击，把个小耗子打得飞出一米多远，脑浆迸裂，当场毙命。真解恨！

初战告捷，兴趣大增，于是不断变换"潜伏"位置，从一个圈爬到另一个圈，时而蹲下，时而站起，耐心搜寻、静静等待。忘了饿、忘了困、忘了疲倦，只要发现目标，不论是静止还是运动，抓住机会抬手就打，连连得手。一直干到天亮，战果辉煌，计猎鼠30余头。

有了这次经验，一发而不可收，几乎天天晚上"乔装打扮"巡游"狩猎"，把打老鼠当成一件正经事加以落实。天长日久摸出了门道，不再扒到猪栏上傻等死候，而是安坐一旁听动静，哪头猪只要大声"哼哼"，必有耗子上身，悄悄摸过去，看清瞅准，定叫它插翅难逃！每日总有一二十只收获。

半个月下来，鼠害明显减少。可猪群已是伤痕累累，有的显然伤势严重，走路都打晃，稍一用力就有大量蛆团涌出伤口，连脓带血，令人作呕。特别是那些在野地里乱跑的"自由分子"，整天在泥里粪里滚，伤口不舒服就在树上猛蹭，溃烂现象更严重，如不及时宰杀，指不定什么时候就死在野地里从此消失了。

一日，司务长来访，巡视一圈后满意地说："干得不错，像只小老虎，从今天起增加一项任务，给我逮那些不守纪律、到处瞎跑的家伙。逮住'好'的关起来，逮住'烂'的杀了吃。总之，要彻底消除'无政府状态'，明白吗？""至于怎么个逮法，我就不知道了，你是个机灵鬼，会有办法的。只要逮住就大声咋呼，炊事班自有人下来接应，不必担心"云云。

既然任务派下来了，一个字"干"。逮猪的方法简便易行，那就是"套"。取来废旧电话线，做成活套，放在食槽上，另一端远远绑在大树上，以防套住后自己势单力薄拉不住。喂食时间到了，把热气腾腾的猪食倒进木槽，一敲，便躲到树后偷窥。那些猪见人一走，争先恐后上来就抢，根本顾不得有无"暗器"，哪能不入套？把握时机，猛然拉线，果然套个正着！猪遭到"暗算"拼命嚎叫、奋力挣扎，岂料越挣越紧，休想脱身了。

司务长的承诺还真灵验，听得人喊猪叫，一群"老炊"赤膊跣足、挥刀舞棒，杀气腾腾冲将下来。但见有伤，按倒就宰，剔净剥光，把肮脏之物一股脑儿丢进山沟，扛起猪肉谈笑而还，把人看得目瞪口呆、浑身直抖。办法虽好，有些残忍，不几天，六名"脱逃分子"除一头失踪外，其余相继落套，悉数归案，在新猪送来之前被"打扫"得干干净净，大热天吃得全连官兵心满意足。

花猪失踪多日，不免着急上火，我整天坐立不安，领着几条狗寻遍了周围的竹林山地、野草荒坡。丢失一口猪虽说不是小事，领导没有过多责备，反而给了不少鼓励。这样一来，更觉得惭愧、觉得窝囊、觉得没脸见人。暗下决心非要把这件事弄个水落石出不可。

猪圈北面一公里有条大沟，深 100 多米，草深坡陡、林木茂密，从上面望下去，烟瘴滚滚、雾气昭昭，终日不见阳光。通过仔细观察，发现沟沿岩石上有许多猪鬃和蹄印，说明当时那帮"越狱者"曾经经常来此转悠或歇息，那花猪极有可能在互相打斗和奔跑当中失足掉落下去。果真那样的话，如此深沟大壑，肯定非死即伤，凶多吉少。

当即决定下去看个究竟。

早起，披挂齐整，带上绳子、短刀、手电和指北针，跟谁都没打招呼便领着狗儿们偷偷出发了。不多时，来到沟边，选个树多坡缓的位置，抓树藤、踩竹根，攀藤附葛一点一点向下爬去。挂破了衣服、划伤了手全然不顾，一个小时之后，来到沟底。

此沟南北走向，怪石突兀、古木参天、漆黑一团、寂静无声。脚下腐叶足有两尺厚，踩上去软绵绵的，霉味刺鼻，令人窒息，一条清澈的小溪淙淙流淌。见此情景不免有点害怕，心脏"扑通、扑通"狂跳不已，找块石头坐下，拔出短刀，紧紧搂住狗子，努力使自己镇静下来。接着，按亮手电，顺着小溪深一脚、浅一脚地细细搜寻。

花猪还真在这里！没费事就被狗发现了，瘸着一条腿还想跑，让身强力壮的恶犬两头夹击，扑翻在地。连滚带爬赶过去一看，差点呕吐，那猪滚下沟时不但摔断了腿，还被戳瞎一只眼，血糊糊一个红窟窿。随着它大声尖叫、奋力挣扎，大团大团的白蛆翻涌而出，满头满脸乱拱乱爬，又恶心又可怕。当时也顾不得许多了，咬咬牙，掏出绳子，把它五花大绑，捆了个结实。捆绑时，人、猪、狗滚成一团，甩得到处是蛆，实难形容。

猪是找到了，怎么处理可犯了难，回去喊人不现实，自己一个人身单力薄，大老远的也弄不回去。虽然对杀猪宰羊一窍不通，当场把心一横，做出个大胆的决定——就地处决！把肉背回去。说干就干，把花猪拖到溪水旁，模仿"屠夫"的样子，脱下上衣露出肋条骨，在石头上磨快了短刀衔在嘴里，挽起裤腿，拉开弓箭步，右膝顶住猪背，左手扳住猪头，大吼一声，手起刀落，插入脖腔，鲜血四溅。一刀没杀死多来几刀，最后把个猪头割得就剩两根筋连着，总算没了气。

随后，切下猪头，剥去猪皮，开膛破肚，卸去四蹄，除五脏、去六腑，连砍带剁，又切又割，手忙脚乱，一气呵成，整整忙活了两个钟头，抹得浑身是血，累得筋疲力尽。"行凶"已毕，拾掇利索，两扇猪肉共百余斤，用绳扎紧，一前一后搭在肩上，顾不得休息，挂根棍子，满怀胜利喜悦，毅然决然踏上归途。

在老挝当回"猪倌"真锻炼人，现在回想起来依然很有意义。

在饥饿的日子里

———

杨　刚

"民以食为天"。不曾经历过 20 世纪 50 年代末到 60 年代初那段饥馑岁月的人们，怕未必能够真正感受到这句话的分量；然而，对于像笔者这样的过来人而言，它却重如千钧，且令人刻骨铭心。

那段岁月，早已远离我们而去了，然而，它留给我们的痛还在，伤还在，欲说又觉口难开。那么，我就从"好日子"说起吧。

从"好日子"说起

1958 年夏，我们华中师院（今华中师范大学）中文系的部分师生，到武昌县纸坊镇附近的某公社劳动锻炼。到那里一看，形势简直好得不得了：吃饭不要钱。公社有一个食堂就设在公路边，整天开流水席，甚至连过路的人都可以随便进去吃一顿，谁也不会盘问的，反正不要钱嘛！从三皇五帝到如今，哪有这等好事情！

然而，"好花不常开，好景不常在"。还不到半个月光景，终于扛不住了，食堂不再"门户开放"，只对社员开饭。接下来，日子越过越紧，不再顿顿开干饭，稀饭常常被"隆重推出"，而且越来越稀。当时就有人诙谐地形容道："一进食堂门，稀饭一大盆，周边起旋涡，中间淹死人。"不过，参加劳动锻炼的师生没有同社员一起吃饭，我们的生活水平似乎并未受到影响。有时候，我们还能惊喜地吃到一种叫作"中苏友好红专鱼"的好菜。这"中苏友好红专鱼"并非从苏联进口的什么西式名肴，其实只是一道传统的湖北家常菜，黄陂人叫它"清油炸豆腐"。

饿肚子时的畅想

及至 1960 年，大饥荒铺天盖地而来，饥饿考验着人们。

那时，笔者在 1957 年响应"鸣放"号召，因意会错了上头的意思，而被派到一间小工厂从事脱胎换骨的劳动，每月的口粮定量为 24 斤半。这 24 斤半并非全额供应大米，而是还要搭配一定数量的杂粮，如红苕（即红薯，每 5 斤折合 1 斤主粮）、干苕片（1 斤抵 1 斤主粮）、三合粉之类。三合粉看上去灰不灰、白不白，跟水泥的颜色差不多。至于它究竟是哪"三合"，似未有权威方面的说明，不过私下曾听说其一为观音土。其时，人都嘴馋，干苕片常常被当成点心白口吃了，而它是 1 斤抵 1 斤米的，1 斤米却是一天多的口粮。白口吃掉几斤干苕片，便是几斤大米的流失，那年头怎经得起这种"暗亏"？至于 1 斤三合粉抵 1 斤大米，那就更冤。不失幽默的人们什么时候都有，都到这份儿上了，还不时幽他一默，相互打招呼，不再问"吃饭没有？"而改问"吃粉没有？"

再者，当时食油、肉类和副食品的供应都严重不足，有时甚至断档。每人每月计划供应食油 2 两，本已少得可怜，还常常不能按月兑现，记得断档时间最长的一次是连续三月滴油未供。

尤其雪上加霜的是蔬菜也奇缺。每天下午，各家各户都不会忘记送一个破簸箕、破脸盆，甚至半截砖头到居民小组长家里，以便第二天早上去组长家里，按那些破玩意儿摆放的先后顺序，排队购买当日的蔬菜，凭自家购粮证每人供应老包菜叶子2两，不挑不拣。

副食品商店虽然也卖点心，但只有一个品种，就是用玉米面做成的圆饼，其饼面中心嵌着一枚蜜饯伊（伊拉克）枣，而且要凭粮票和自家的副食品供应证定点供应，每户每月限购10个，收取粮票1斤。说到这10枚点心，那用处可大了，或留给孩子，或孝敬老人，甚至待客送礼都要靠它。如今人们购买食品是何等挑剔：反复查看包装是否完好，仔细审视生产日期和保质期是否清楚明白，原料配方是否属于"绿色"……凡此种种，不一而足。而那年头，那玉米点心却总是"赤裸裸"地摆在货架上或玻璃柜台里，同蜡烛、香烟类商品"亲密接触"，从月头卖到月尾，谁也不会挑剔什么的。

还有一项也是令人印象深刻的，就是购买普普通通的散装白酒也要收粮票，1斤白酒收1斤粮票。

由于主粮供应掺杂，副食供应缺乏，肚子没有油水，自然就格外吃得多。因此，尽管我大多数日子都没有吃饱，可我每月还是要差4～5天的口粮。这在当时可不是闹着玩儿的，"人是铁，饭是钢，一日不吃饿得慌"，而要想在计划外弄点粮食或食物，则是太困难了。

还记得有一回我饿得吐苦水的事儿。那天（应当是某月下旬或月末）一大早，我照常到厂里去"脱胎换骨"，心里慌慌的，很难受，头上冒虚汗，但我没吭声，谁也没有注意到我，可我渐渐感到支持不住了。正在向生产小组长请假，就突然吐了一地，呕了又呕，而除了几片菜叶以外，吐的都是苦水，因为我头天就没有吃晚饭。呕吐加剧了虚弱，人随即瘫软而不能自立。工人师傅们立刻要送我去医院，我告诉他们："不必。我不是病了，是饿了。"于是车间派两人送我回家。到家后，母亲买来2两米粉，我分食一半。民谚说得好："饥食一粒，胜似饱食一斗。"不一会儿人就站得住了。下午照常去干活。

还有一回，也应该是快到月末了。那是一个星期天的上午，我和一位原大学同学相约，到汉口民众乐园旁边的东来顺饭店楼上去喝茶聊天。我们那时年轻，不知死活，没想到"肚子里没得货"的人，一大早是不能喝茶的。果然不到两小时，我们都感到不对劲，很有点坐不住了，连彼此说话的声音听起来都似已失真。我们都明白这是饥饿的反应，是身体虚弱的表征。我们说好，各自回家吃饭后再来。那时的人们都这样，在吃饭的问题上，谁也讲不起客气——现在多好，随时都可以来个饭局。我的那位同学回家吃的什么，我没有问，也不便问；我回家吃的却只是一小瓶泡制的武汉人叫作"洋姜"（我至今只知其为野生，但仍不知其正式名称）的东西，可怜哪有饭吃！那年我25岁，家住汉口民意四路，距离喝茶的地方不过千把米，而我竟走了大半个钟头，只因双腿浮肿，抬不起来。

不过，每月开头的几天，日子还是蛮好过的：凭自家购粮本到指定粮店兑几斤粮票（武汉人称"打粮票"。每兑1斤粮票，"购粮证"上的当月口粮余额便减少1斤，依此类推）揣在身上。过早，吃个斤把热干面（每碗2两）；晚上宵夜，再吃个4~5盘（每盘2两）炒粉，也能撑个肚儿圆。"饥食过饱必殒命"的道理是懂得的，但都被抛到九霄云外去了。叹只叹每到月半以后，尤其是临近月末的那几天，又将"为伊——每日的口粮——消得人憔悴"了。然而，这只能怪自己不好，因为"购粮证"封底上早有明文告诫，诸如"计划用粮"呀、"忙时多吃，闲时少吃"呀，还有什么"瓜菜代"呀之类，总之，别人有言在先，不能怪谁言之不预也。

人毕竟是一种有思想的动物。由于长期处于一种饥饿或半饥饿状态，我渐渐感悟到挨饿中的虚与实这样一种奇妙的境界。所谓"虚"，就是人在饥饿中容易产生幻觉。比如，走在大街上老是把地面上的小纸片甚至香烟盒都误视为谁掉的粮票，而急忙捡起来看一看。说起来真是愧得慌，我作为一个受过高等教育的人，那时要是真的捡到了粮票，大约不会"交到警察叔叔手里边"，只可惜眼神不好，从未捡到过什么东西，哪怕是"一分钱"。所谓"实"，就是人在饥饿中，肚子里虽说空空的，但脑子里却很实在，想的都是吃，都是跟如何充实空空的肚子有关的事，即使最浪漫的想象也离不开一个"吃"字。我是在"世界上还有三分之二的劳动人民没有获得解放""中国革命的胜利只是万里长征走完了第一步"这样的教育之下成长起来的，我只具有这一点儿思想资源。这样，我即使异想天开也不乏很实际的念头："什么时候世界上那'三分之二'中的最后一个也获得了解放"，"中国万里长征的最后一步也走到了尽头，那就该顿顿都有大米饭吃个饱了。"不知白居易是否饿过肚子，不然他咋知道"渴人多梦饮，饥人多梦餐"？

当然，那时候，也不是全然没有过别的想法，还是希望荒年饥岁能早些过去，时常想起唐代诗人薛能的两句诗："自古浮云蔽白日，洗天风雨几时来"！

邻居家的乖儿子怎么"绿了眼睛"

"仓廪实而知礼节，衣食足而知荣辱。"这中肯地说明了观念形态文化与经济生活的相互关系。在那个年头，一切都被饥饿扭曲了，人与人之间也少有亲情与友情，唯有生存的本能占了上风。

我邻居家的一个小伙子，平日也算得上是一个乖儿子，很听他爸妈的话。忽一日，我中午下班回家，还没上楼就听见他在大声嚷嚷，细听，是在指桑骂槐，"听话听音，锣鼓听声"，分明是在骂他的老爸，而他的老爸当时就在家里，没有吭声。我先是吃了一惊，接着便是纳闷："这小子今儿个怎么忽然'绿了眼睛'，竟骂起老爸来了？"经过打听才知道其原委：他们家各人的口粮是分开放的，每人都有一个装米的小坛子。这小子颇有心计，每天上班前，用自制的量杯按计划取出自己一天的口粮（带到工作单位的食堂去做"双蒸饭"），然后把米坛轻轻摇一下，再用手把坛里的米抹平，最后用食指在米上面画出一个汉语拼音字母"B"作为安全标记。他知道家里没有人学过外语或汉语拼音，写不出这个字母来，即使写得出来，也会有笔迹差异。那天，他下班回家后，揭开米坛盖一看，发现那个"B"竟然变成了汉字部首表中的"阝"。据此，他便推断是老爸动了他的米，老妈是不会动的，况且她连"阝"也画不出来。此事已经过去40多年了，但至今提起此事，我仍为那年头使人性扭曲以至如此，而觉得无话可说，也说不出话来。父子之情尚且如此，旁情则何以堪！然而，这能全怪他父子俩吗！

我同事家的"天"塌在泥塘里

那年头，做家长的真难。他们自身忍饥受饿还不打紧，看见子女吃不饱肚子更不能无动于衷，总要想方设法地为孩子们弄点儿吃的。

我有个同事，是位40多岁的女工，体弱多病，五个孩子，丈夫是武汉机床厂的工人。这样的多子女家庭，其缺粮的苦况是难以尽述的。诚然，当时如果有门路又有钱的话，在黑市上也可以买到粮票（黑市上叫"垛子"）。粮票变成了有价证券，价位一般在2元至2.5元一斤。不过，这哪里承受得起？更何况缺粮问题不是一天两天，也不是买几斤黑市粮票就能够解决的。于是，各人便施展浑身解数，八仙过海，各显神通。我同事的那位老公，便不时地在工余时间去挖点野藕，来贴补家里口粮之不足。某日清早，他在下了通宵夜班之后，没有回家休息便骑车去了汉口近郊一泥塘挖藕，从此便驾鹤西去。当天傍晚，在那泥塘挖藕的人都陆陆续续回家去了，但泥塘附近的居民透过暮色发现泥塘里好像还立着一个人，觉得很奇怪。有些人就跑到塘边去查看，先是看见一辆破自行车歪在塘边的小路上，继而发现那人身边还插着一把锹，其双手放在锹把上做把握状，只见他两腿深陷泥塘中，膝盖都快蒙住了，但不见动静。人们以为他因太劳累而站着就睡着了，便叫他，却怎么也叫不醒。人们开始感到不妙了，于是立即展开救助。有几个人费劲地到他身边，只见他双目紧闭，肢体僵硬，已经没有呼吸了。他死了，可怜他身边还散放着几节细藕。他的五个孩子还等着他呢，老大12岁，最小的才4岁，嗷嗷待哺。他带着对骨肉、对妻儿的无限牵挂和眷恋走了，这情形，怎一个"悲"字了得！

糠粑粑、盖浇饭、人造肉及其他

武汉曲艺界的著名笑星田克兢在他演的一个小品中说，如今人们"吃要吃出口感来，吃出品位来，吃出文化来"。笔者在回忆20世纪中叶那饥馑岁月的时候，起始还误以为那年头人们都饥不择食，在吃的方面，口感当然是有的，但哪有什么"品位"和"文化"可言；后经深思，觉得其实不然，那时也有那年头特点的"品位和文化"。"品位"和"文化"不是也有高低、优劣之分嘛！

先说"口感"吧。这是一个中性词语，关键在于吃的是什么东西：吃细粮有吃细粮的口感，吃糠粑粑则也会有糠粑粑那特有的口感。大饥饿的1960年，在武汉的街头巷尾，不时可以看见有些中老年妇女挽着一个菜篮子，后面跟着一群人，然后找一个避嫌的地方，慌慌张张地放下篮子，后面的人便一拥而上，塞过去5角钱，拿一个糠粑粑就走，边走边吃。这糠粑粑呈黑色、圆形、饼状，表面粗糙、蒸熟，至于它究竟是用什么原料做的，至今我也说不清楚。但，我还依稀记得它的口感：不甜、不咸、不苦、微涩，嚼在口里跟粗糠差不多，吞咽时喉部有轻微的痛感。笔者是很"痛"过几回的。这玩意儿吃起来是不大可口的，但又断不可形容为"味同嚼蜡"，因为蜡是比较光滑的，总不至于卡喉。人饿到极处，只要不是明显有毒的东西，都是敢吃的。

再说吃的"品位"。说起这个问题，那也煞是有趣。那时，武汉有某些大、中型餐馆，如汉口的"德华""郭镒泰"，每周大约有两三个下午卖"盖浇饭"。这"盖浇饭"也就是在一碗糙米饭上盖上一两片肥肉或几样小菜，每份儿 3 ~ 4 元钱。这饭菜的质量，比起时下街头巷尾随处可见的大排档，那是远不如的，但它的价格却不低，因当年每月拿三十几元工资者大有人在。即便如此，每逢餐馆挂牌卖饭之日，饥饿的人们还是趋之若鹜，早早赶去排起长队，等候售票。捷足先登者买到票后，就如抢火似的赶紧抢一个座位落座为安，顿时面带几分得意之色。待"第二梯队"买到票后，已无座位可抢。各人就立即瞅准某一位"座上客"，并腿脚麻利地冲上前去，牢牢地一脚踩住那人坐的椅子或木凳的寸子不动摇，不急躁，耐心地看着人家吃完了，只等人家一起身，自已就一屁股塌下去，稳稳地坐着，然后调整心态，松弛面容，渐渐显出"品位"。至于"第三梯队"以及再后来者如何动作，那自然是"笑"法前人。

有一年春节，忽然听说汉口著名酒楼"老四季美"将有两天免收粮票，每人供应 3 两（或 2 两）汤包。这在当年真是爆炸性新闻，简直同天上掉馅饼差不多。虽得通宵达旦地排队，又时值天寒地冻，但这事儿实在太诱人了，且逢年假之际有排队时间。笔者便约一位从北京回来的同学，于"大喜日子"的头天晚上 10 点钟左右，就赶到了"老四季美"门口。这时，排队的长龙已从中山大道排到江汉路（即今汉口著名的步行街）新华书店附近，约200多米。我们一点也不急，有朋友聊天好混时间，也不觉得怎么冷，因为毕竟有"盼头"，再说，我们到底年轻。到了凌晨5点左右，有人来发牌子了。牌子是购票的凭证和序号，排在后面没领到牌子的人，那就算白来一趟。我们两人都顺利地领到了牌子，心里喜滋滋的。天渐渐亮了，直到这会儿，我们才"天明始觉满身霜"（清·郑燮《行路难》），顿时感到似有一丝寒意袭上心头。到清晨7点左右，汤包一买到手，我们立马便往各自家奔，与家人分享"美味佳肴"。

然后，再看所谓吃的"文化"。那年头，人们实在太渴油了，连做梦都想吃肉。但没有肉，连狗肉都看不到。怎么办？这时，泱泱中华的古老文化和洋为中用的西方文化，派上了用场，而且普及得很快，普及得一竿子插到了底。例如：一日，汉口中山大道友谊路口的一家合作食堂，在门口挂出一块小黑板，宣称在阶级斗争、生产斗争取得伟大胜利的同时，科学实验也取得重大成果，那就是人造肉已经研制成功，并从明日起免票供应。同时，在那小黑板上画出一个表格，将人造肉与猪肉、牛肉对比，其结论是：在所有营养成分上，前者都远远高于后者，就是价格比后者贵了一点。那时，笔者"君子固穷"，但还是"一咬牙，一跺脚"，也去"奢吃"过两回，发现它不过是一种像魔芋豆腐似的东西，那味道怎比得上猪肉和牛肉，完全不是那回事。人造肉当然是"人造"出来的，但是用什么原料"造"出来的，笔者同许多人一样不甚明了，只私下听人说其主要原料是魔芋和某种树叶；到底是用什么造的，尚待有关专家学者考证。

街头常见掠食人

长期处于饥饿或半饥饿之中，人的动物本能就会占上风，其余方面会退居次要地位，甚至可能蜕化。

在那大饥馑的年头，在武汉这个省会城市，在光天化日、众目睽睽之下，以最原始的方式抢夺别人食物者，屡见不鲜。

某日一大早，我正要走进汉口中山大道水塔（中心城区标志性建筑）斜对面的厚生里食堂过早，突然从里面冲出一中年男子，左手护其头，右手则抓着一把热干面往口里塞，其身后紧跟着一青年女工模样者，一边用筷子敲打那男人的头部，还一边骂道"不要脸！不要脸！"在场的人连忙劝她："算了！算了！他给你你也不会要了。"那抢食者这时并没有跑得无影无踪，他就站在餐馆附近的人行道上，很快吃光了手里的热干面，还把手指舔了几下。

抢食的方式，常见的有两种：凡是诸如馒头、豆皮、炒粉、热干面之类的"干货"，就直接用手抓起就走，边走边吃；而像水饺、汤面之类的"水货"，那就瞅准空子飞快地朝碗里吐一口口水，让"生米煮成熟饭"，你奈他何！

抢食的时间和地点，多集中在大清早。这时人们都赶着上班，一般不会同抢食者多纠缠，地点则多选在顾客拥挤的小餐馆，这种地方机会多。

抢食的对象则多为妇女和孩子，一般不直接抢餐馆的东西。

抢食者中有的看似农村人，男人女人都有。抢食者被打两下的事是常有的，但未看见过被痛殴的事。大多数人都还是善良和有同情心的。

不能忘记这样的过去

这里所叙述的都不是天上神话，也不是什么海外奇谈，而是笔者和我的同时代人曾经的阅历，都是将近半个世纪以前实实在在地发生在中国大地上的故事。如今的中青年朋友或许会以为这些故事都已时过境迁，悲情不再。然而，"今人不见古时月，今月曾经照古人"。笔者以为，我们不应该忘记这样的过去，否则，我们便有可能重复昨天，也不会正确定位今天，更不会知道如何追求明天。

如今的中国，天还是这个天，地还是这个地，人也还是这些人，然而，自 20 世纪 70 年代末，在这个天底下，在这个大地上，在这些人身边，已经发生了深刻的变化。

一座消失的工厂和一段人生记忆

———

李　相

十余年前，在北京乃至全国都曾赫赫有名的北京维尼纶厂破产倒闭，在优胜劣汰的浪潮中，这可能是任何人都要面对的宿命。工厂不在了，几十年奋斗的经历还在，这是无法抹掉的。曾经有过的辉煌和发生在那里的一切都变成了历史，成了曾经的维尼纶人永恒的回忆。

在周总理直接安排下工厂落成

1963 年，经过艰苦的努力，中国告别了"三年困难时期"，粮食生产供应开始逐步恢复，人们的脸上开始现出久违的笑容，解决人民群众穿衣问题提到了政府的议事日程。

日本是当时化纤工业最发达的国家之一。我国为了获得维尼纶生产设备，在与日本没有官方关系的情况下，不得不通过民间进行艰苦努力。根据《廖承志——高崎达之助备忘录》，以民间贸易协定的方式，我国开始从日本进口全套维尼纶生产设备。这些设备是在周恩来总理的直接安排和关怀下，冲破超级大国的阻挠，花费当时极为宝贵的外汇进口的第一套成套西方现代化设备，年产量相当于 20 万亩棉田。投产后，正如党和政府预期的一样，北京维尼纶厂为解决人民群众穿衣问题做出了重要贡献。

早在 1965 年该厂试生产期间，邓小平同志就来厂视察，同时带来了周总理的问候。朱德同志几次来厂，最后一次是拄着拐杖，在夫人康克清的陪同下来看望全厂职工的，其情其景感人至深。

在计划经济时代，北京维尼纶厂始终是北京工业中的佼佼者，它的年产值和利润多年占全市 1% 多，这个份额对于不到 2000 人的企业规模可是了不起的骄人成绩。作为全市乃至全国"欣欣向荣的窗口"，外国元首、政要频频来访，各界人士更是川流不息。有必要提及的是，在"文革"时，这个厂都没有停产，也没有减产，这可算是那个特殊时期的一个奇迹。

工作从"偷学"开始

记得 1965 年 5 月，随着投产的临近，大批日本人来到厂里，足有一二百人之多。厂领导说是日本"专家"，其实大家都知道：除少数技术人员外，大多是普通工人。为了接待他们，厂里特意先期建起了招待所，号称"十五号楼"。用当时的标准来衡量，设施是十分先进的。厂里为他们配备了从市内各大饭店请来的中西餐厨师，配备了经过严格训练的多名男服务员，从吃到住，都是精心安排。他们的酬劳更是中国职工的几十倍。

在维尼纶流水线，每个工序、每个班组都配备有日本人，指导大家尽快掌握生产技术。这些日本工人恪尽职守，对质量一丝不苟，甚至到了让人感到"苛刻"的地步。

维尼纶厂职工的主体是青年工人和从全国各地奔赴而来的数百名大学生。这些青年工人大多是高中以上文化程度，见多识广，兴趣广泛，还有为数不少的高干子女。他们很大程度不是为了就业、谋生，从城里来到百里之外的远郊（该厂地处北京市顺义区牛栏山，当时交通极不方便），而是对祖国新兴的维尼纶事业真心向往、怀着青年人的使命感和自豪感献身其中。正是基于这种志向，在与日本工人共事的那段日子里，全厂到处是抱着工艺资料急速前行的身影，那种自觉学习技术的热潮可能是今天的人们难以想象的。每个班组的青年工人（大学生也都是工人）都紧随日本师傅身后，看他们如何操作，如何处理事故，如何检查设备……每一个细节都不放过。更有不少人在不违反外事纪律的前提下，以各种方式接近师傅，从他们那里学到不少实际操作中看不到的东西，很快独立工作而生产出合格的维尼纶产品。面对中国工人的勤奋钻研和干劲儿，"苛刻"的日本工人们竖起了大拇指。

在随后的岁月中，该厂技术人员和工人陆续进行了多项技术革新，不少人从当年刚刚迈出校门的大学生、学徒工成长为全国化纤行业知名专家或革新能手。

参观团里有末代皇帝

工厂投产后，随着产量、质量的不断提高，知名度也日益向全国拓展，加上厂子被赋予的"使命"，让一批批参观者接踵而至。记得1966年初，一群人从维尼纶主车间一侧鱼贯而入。他们有的已是白发苍苍，有的拄着拐杖，还有的被人扶着。他们或穿着衣扣紧扣、合体的中山装，或对襟中式夹袄；或文质彬彬，或气宇轩昂。领导说：这是全国政协组织的已经特赦出狱的当年的国民党战犯、伪满洲国战犯到我厂参观学习。

虽然职工们对参观的人流早已习以为常，但对这次的参观者却不无好奇——因为陪同人员悄悄告诉大家：这些人都曾是大战犯，现在已经改造好，回到人民中间。这次来的，有杜聿明、廖耀湘、黄维、郑洞国、沈醉、康泽……还有末代皇帝溥仪。当时溥仪看上去 60 来岁，身形瘦削，略显稀疏的头发夹杂着白发，戴一副深度近视眼镜，一身蓝条卡中山装，神态祥和，他总是紧挨讲解的人，那个认真劲儿、求知的欲望犹如刚刚跨进学堂的小学生一般。当大家知道眼前这位与在北京的胡同随处可见的普通老头别无二致，又透着一股可爱劲儿的人就是"宣统皇帝"时，好奇的目光都集中到溥仪身上，一时分不清谁是参观者、谁是被参观者了。

参观团走到维尼纶短丝最后出成品的打包工序时，讲解人员告诉他们，眼前这些洁白如玉、柔若丝绵的维尼纶，它的原料是石灰石，也就是石头。这群见多识广的人无不惊讶得目瞪口呆。溥仪更是不顾矜持，双手握住一位青年工人的手，激动地连声说："太好了！太好了！"

名家指导的文娱生活

工厂远离市区，四周被一望无际的田畴包围，形同"孤岛"，这些地理环境和当时被赋予的政治使命决定了当时一些中国顶尖的文化、文艺团体来到厂里。中央乐团、东方歌舞团、中国舞蹈学院都曾到厂里演出。中国的小提琴、东方歌舞团的拉网小调、中国舞蹈学院的白毛女片段……让人们如醉如痴，多少天都沉浸在难得的享受中。后来，写过《延安颂》《解放军进行曲》的著名作曲家郑律成又来到厂里"深入生活"。

郑律成很快与工人们打成一片，他会很多乐器，也喜欢唱歌，他的周围常常聚集着一些文艺爱好者。一次，一个自以为歌唱得不错的青年工人主动给郑律成唱了一首歌，请他指点。没想到郑律成毫不客气地说："驴的声音大，马的声音大，那好听吗？"说完这句话，郑律成马上意识到话说得太不客气，又补充道："我的意思是说要把歌唱好，不仅要有一副好嗓子，还要对歌的内容有深刻理解，体会其意境，并不是唱得声调越高越好。"那个青年人由短暂的尴尬转为虔敬的倾听。

郑律成喜欢打鱼，附近的潮白河让他大显了身手。他因此也结交了不少"渔友"。1976 年 10 月，郑律成喝了不少茅台酒，随后外出打鱼，但不幸猝死在京密引水渠旁。当维尼纶厂的工人得知这个噩耗，无不深感痛惜。

中国社会科学院文学研究所也看中了这个厂的"有利条件"，到这里"开门办所"。工人们平生第一次接触红学家、宋词专家、现代文学专家……著名鲁迅专家、散文家、散文理论家林非先生也在其中。他那时 40 岁出头，风华正茂。他们每天跟班劳动，接受"工人阶级再教育"。每周安排一定时间与工人座谈。林非先生给厂里的文学爱好者讲鲁迅，还讲托尔斯泰、雨果、罗曼·罗兰。我至今仍清楚记得他讲《九三年》时的动人情景。而从那时起，林非先生与我的深厚友谊绵延至今。

刘少奇的女儿也在这里

在特殊的年代，厂里接待安置过一些特殊的工人。大概是 1973 年，曾在"文革"初期叱咤风云的"五大学生领袖"之一的谭厚兰被有关部门安置在这个厂。当年，由姚文元任团长，谭厚兰任副团长的"红卫兵代表团"曾访问阿尔巴尼亚。她的地位和影响可见一斑。这样一位赫赫有名的人物外表十分不起眼，矮矮的个子，胖胖墩墩，浑圆的面庞配上一副白边眼镜，给人感觉憨厚、老实，甚至有些窝囊。她每天独自来往在上下班的路上，没有任何表情。她只待了个把月，悄然离开了这个厂子。不久听说她病逝了。

最引起轰动的是刘少奇的女儿刘婷婷的到来。她当时化名"兰欣"，20 来岁，美丽、高挑、气度不凡。大多是年轻人的厂子，又集中生活在一起，厂里有几个漂亮姑娘，人们都了如指掌。兰欣的到来，自然成了年轻工人的话题。

当人们知道这个"天上掉下来的美女"是刘少奇的女儿时，那种惊异非同小可。兰欣被安排在偏居厂区一隅的一个孤零零的小车间，是孤岛中的"孤岛"。那个车间设备先进，全部是仪表控制。更重要的是，人员素质普遍较高，大多见过世面，还不乏全厂有名的"幽默大师"，空气活跃，环境宽松，有着极大的包容性。尽管兰欣也落难于此，但人们丝毫没有歧视她，从来没有把她看成"可教育好子女"，依然把她看作国家领导人的女儿，背后都把她称为"公主"。她周围的人更对她关怀备至，爱护有加。她也很快融入了这个集体，与不少人建立起友谊。

岁月沧桑，历史的河流冲走了北京维尼纶厂连同在那里曾发生的一切。只有记忆的碎片串缀起昔日的足迹。

图书在版编目（CIP）数据

悠悠岁月沧桑事／刘未鸣，韩淑芳主编. —北京：
中国文史出版社，2019.7

（纵横精华. 第三辑）

ISBN 978 - 7 - 5205 - 1382 - 1

Ⅰ . ①悠… Ⅱ . ①刘… ②韩… Ⅲ . ①回忆录—作品
集—中国—当代 Ⅳ . ①I251

中国版本图书馆 CIP 数据核字（2019）第 228632 号

责任编辑：金硕　李军政

出版发行：**中国文史出版社**

社　　　址：北京市海淀区西八里庄 69 号院　　　邮编：100142

电　　　话：010 - 81136606　81136602　81136603　81136605（发行部）

传　　　真：010 - 81136655

印　　　装：北京新华印刷有限公司

经　　　销：全国新华书店

开　　　本：787 × 1092　1/16

印　　　张：12

字　　　数：148 千字

版　　　次：2020 年 1 月北京第 1 版

印　　　次：2020 年 1 月第 1 次印刷

定　　　价：36.00 元